Illustration／HARUKI MITSUSHIRO

淫らに咲く夜の花嫁

諏訪山ミチル

LAPIS more

イラストレーション／三城遥稀

目次

※本作品の内容はすべてフィクションです。

□□□

天蓋《てんがい》から繊細《せんさい》なレースが幾重《いくえ》にも重なるベッド。

その上に向かいあわせて正座している二つの影があった。

身体の華奢《きゃしゃ》なほうが、マットレスに両手をつき、深々と頭《こうべ》を垂《た》れる。

「あの……よろしくお願いします……」

もう一人も呼応するかのように手をつき、頭を下げた。

「こちらこそ。幾久《いくひさ》しくよろしく」

幾久しく、と言われて華奢な青年は眉を顰《しか》めた。これは「こういう時」の決まり文句だ。

こんな関係が長々と続くわけがない。

青年より一回りは身体の大きい男が、静かに青年をベッドに横たえる。

「柊《ひいらぎ》……」

男の精悍《せいかん》な顔が近づき、彼の名を呼ぶ。

「怖がらなくていい。これは夫婦なら誰でもしていることだ」

「は……はい……」

そうは言っても「これ」は普通、男と女がやることではないのだろうか。

たしかに自分たちは今日、教会で式を挙《あ》げた。

しかし、それは予想だにしないアクシデントがあったからだ。今朝まではまさか自分が男とキスを交《か》わしたり、ましてや身体を繋げるなんて考えもしなかった。

いや、それ以前にこの男とこんなことになるなんて、未《いま》だに悪い冗談としか思えない。男の硬い体がのしかかり、ぶつけるように唇が重ねられた。そしてそれは次第に力強さを増し、男の欲望の強さを示している。

性急な手は胸元からもぐりこみ、二つの硬い果実を弄《もてあそ》ぶ。柊と呼ばれた青年のほっそりとした身体が男の下で震える。

「東條《とうじょう》社長……。そんなとこ……」

「柊、『あなた』か『光顕《みつあき》』と呼ぶように言っただろう？　そうだ。ベッドでは名前を呼ぶことにしよう」

「光顕さん……」

名前を呼ぶと、再び熱い唇が降りてきた。そして開いたままだった柊の唇にぬるりと舌がもぐりこんでくる。

深いキスも、人と身体を触れ合わすことも初めて経験する柊は、東條の愛撫《あいぶ》に流されながらも、これからのことに不安を隠しきれなかった。

いったい、なぜ男の自分が、やはり男である東條の妻にならなくてはいけないのだ。

いくら会社のため、ひいては家族ためとはいえど、こんなことがあっていいのか？

男の熱い吐息。熱い身体におののきながら、柊は昼間の出来事を思いだしていた――

――。

1

「姉さん、キレイ……」

新婦の控室に入った喜多村《きたむら》柊は感嘆の声をあげた。

五月晴《さつきば》れの穏やかな光が、窓からもさんさんと入りこみ、挙式の日にふさわしい晴れやかな陽気である。

振り返った花嫁は、裾に真珠をあしらった清楚なドレスを着ていたが、その表情は暗く、どこか達観したような面持ちであった。

黒のフォーマルに白いネクタイを締めた柊は、そんな姉を痛々しく感じる。ともすれば緩みがちになる涙腺を励ますかのように、口の端を無理に押し上げた。

やせすぎとも言えるくらい細い肢体《したい》。うす茶のガラス玉のような目と艶やかな唇は、二十四歳の柊をサラリーマンというより高校生くらいに見せている。

二つ違いではあるが、柊と姉の椿《つばき》はよく似ている姉弟であった。

姉は大安吉日の今日、合併予定の企業「TOJOH YUKI ブライダルサロン」の社長である東條光顕《とうじょうみつあき》と結婚する。

彼の母で会長の東條ユキといえば、ウエディングドレスデザイナーの草分けであり、「TOJOH YUKI」は日本ブライダル業界を一手に引き受けているトップ企業である。そして椿と柊の姉弟は、生花の卸業では老舗《しにせ》「花喜《はなき》」の社長を親に持つ。

ところが花喜はバブル全盛時、全国にチェーン展開はしたものの、近年のインターネット宅配の波に押され、経営は悪化の一途を辿っている。

あわや倒産、というところを「TOJOH YUKI」と合併することになり、首の皮一枚で繋がったという所だ。

社員のポスト、待遇は据え置きという破格の扱いには理由がある。合併の話の席で、社長秘書として父に付き添っていた椿を東條ユキが見初《みそ》め、ぜひ息子の嫁に……と望んだからだ。

元よりお得意様でブライダル業界の女帝。そんな彼女に目をかけられるなんて、一介の花卸業者には願ってもない話だ。

椿さえ首を縦に振れば会社としての面目は保たれる。元より会社第一で、家族には横暴な父が、椿の意見など聞くはずがなかった。

家族や社員が路頭に迷ってもいいのか、という父の言葉に屈し、椿は東條との結婚を承諾した。

この日が来るまでの紆余曲折《うよきょくせつ》を思いだし、柊は深い溜め息を吐《つ》いた。

「俺が女なら……椿と代わってあげられるのに」

それは柊の本心からの言葉であった。つきあっている人どころか、好きな人もいない自分なら、まだ姉ほどつらくないのに。

その言葉を椿は力のない表情で笑った。

「そのうち柊だって好きな人ができるわよ。それに……柊だって家のためにいろいろ犠牲にしてるじゃない」

「犠牲だなんて……」

柊は一昨年の春、美大を卒業して花喜に入社した。

小さな頃より、売れ残りの花で花束などを造るのが好きだった柊は、美大でフラワーディスプレイを勉強していた。

生け花の師範代の資格も持ってはいるが、枠に捕らわれない自由な発想で作品を造ることが好きで、学外のコンテストで小さな賞をいくつか受賞したこともある。

近頃は華道家という職業が脚光を浴びている。僭越《せんえつ》な考えだが、自分がフラワーアーティストになって脚光を浴びれば、会社の知名度も上がるのではないか……。そんな途方もないことを夢見なくもなかった。

しかし、一人息子の柊には会社を継ぐという重圧がのしかかる。小さな賞をいくつかもらったところで、会社の経営にはなんのかかわりもない。堅実を旨とする父は、柊が早く仕事を覚え、後継者としてやっていけることを望んでいた。

入社後、営業部に配属された柊は、得意先回りや接待の日々に違和感を感じつつも、会社のため、ひいては家のため、頑張っていた。

これは自分が生まれた時から決まっていたこと。ここしばらくは忙しすぎて作品を造ることもしていないが、それでも家の為に好きでもない男の許に嫁ぐ姉に比べれば、自分の犠牲などたいしたことではない。

「姉さん。添田《そえだ》さんのことはもういいの？」

「…………」

椿は答える代わりに長い睫毛《まつげ》を伏せた。

添田というのは椿がつきあっていた男性だ。添田は営業部に勤務しており、柊も仕事を教えてもらったりしたが、彼は東條との結婚話が出るなり九州の営業所に飛ばされた。闊達《かったつ》で真面目な添田。彼が義兄となる日を、柊は心待ちにしていたというのに……。

その時、柊のポケットの携帯が鳴った。見覚えのない番号だったが、仕事でも使っている携帯なので、何の気なしに受信ボタンを押した。

「……はい？　喜多村ですが……」

『あの……添田保《たもつ》の母でございます……』

「えっ？　添田さんのお母さん？」

『突然お電話して申し訳ありません。あの……こんなことをお話ししても困るだけだとは思うのですが……』

電話口から初老の女性の恐縮した声が響く。

柊は慌てて背を向けるが、すでに「添田」という名前を椿は聞いてしまっている。背中越しに彼女の緊張が伝わる。

柊は姉を気遣い、控室から出て電話を続けた。

「先輩がどうかなさったんですか……？」

『実は保が……昨夜事故に遭いまして……』

「ええっ⁉」

らしい。

添田は昨夜酒を飲んでふらふらと路上を歩いていたところを、暴走運転していた車にひかれたというのだ。意識混濁の危険な状態。しかし、時々うわごとで椿の名を呼んでいる

「重体……って、そんな……」

『お医者様が言うには、明日まで意識が戻らなければ助かる見込みはないって……』

添田の母の悲痛な声が響く。しかし、それを聞いたところで、通り一遍の慰めの言葉を言うしかできない。彼女も何かを期待したわけではないだろう。何度も「すみません、すみません」と繰り返し、電話を切った。

添田はきっと姉の結婚の日にちを知っていて、したたかに飲んだのだろう。考えたくはないが、自分から車の前に飛びだした可能性もある。

しかし、今日はすでに婚礼の日。今さらどうすることもできない。

できるかぎり何事もなかったような顔をして、柊は控室に戻った。扉を開けるなり、椿が呆然と立ちつくしていた。その顔は紙のように白く、血の気が失せている。

「添田さんが……どうしたの……？　重体って……？」

「椿……聞いて……？」

「教えて、柊。添田さんがどうかしたの⁉」

扉を背にしたままの柊の肩を、女性の手とは思えないほどの力で掴まれた。

「昨夜……事故に遭って……」

「容体は……？」

「……重体で、椿の名前を呼んでる……って……」

張り裂けるのではないか、と思うほど見開かれた瞳。椿はその場に崩れ落ちた。

「椿!!」

慌てて抱き起こそうとした柊の手にすがって立ち上がるが、彼女はいきなりヴェールを投げ捨てた。

「椿！　何を……」

ドレスまで脱ぎだした彼女に驚き、柊は慌てて押しとどめる。

「式が始まるよ！　まさかすっぽかすなんてこと……」

ハッとして手を止めた椿だが、その目にはみるみるうちに大粒の涙が浮かびあがる。

「わかってる、わかってる。でも……私……」

瞳から一粒涙がこぼれ落ち、それは堰《せき》を切ったようにあとからあとから流れて落ちる。

こらえ切れず顔を覆った姉の口から漏れる嗚咽《おえつ》。

「椿……」

美しく聡明《そうめい》な姉。横暴な父の言葉を黙って聞き、いつも従っていた彼女。時には母親のように「お父様は柊のことを考えて、ああおっしゃってるのよ」と、優しく諭《さと》してくれた。その姉が、初めて父に逆らおうとしている。

椿の肩に乗せていた手にギュッ、と力が入る。

「わかった、早く着替えて！」

柊は椿の荷物から式場に着てきた衣服を取りだすと、彼女に渡した。そして、テキパキと紙袋に財布やハンカチなどを入れ出した。もちろん添田の母の連絡先も。

「あとのことは俺に任せて！　椿は早く車に乗って!!」

「柊……」

誰にも見られないよう裏口まで椿を連れていき、タクシーに押し込んだ。ブロロロ……と排気音をさせて走り去る車を見送る柊の目には、ある決意が浮かぶ。

ここから頼る人はいない。このあとの処理は自分しかできないのだ。

「東條社長、お話があるのですが」

新郎の控室に入ると、中には白いタキシードを着て、胸元にもやはり白い花をつけた東條光顕が立っていた。

日本人がするには少し気恥ずかしいその格好も、長身で彫りが深い東條には恐ろしくよく似合っている。

年齢は柊より八歳上。

「TOJOH YUKIブライダルサロン」の元社長で、現会長である母の跡を受け継ぎ、社長に就任して二年。

ボンボンの二代目などと陰口《かげぐち》を叩かせる隙《すき》などチラとも見せず、彼が社長になってから三つは店舗が増え、海外進出も順調と聞く。

しかし営業マンとして「TOJOH YUKI」に出入りしていた柊は、彼の仕事の面での顔を知っている。

強引な吸収合併を仕掛け、いくつもの企業を傘下《さんか》に納めていること。「東條の通ったあとには雑草すら生えない」と言われるほど、合併後の企業は血も涙もないくらい整理縮小してしまうらしい。

冷酷非道な経営者。仕事第一の冷血人間。社内の人間には笑顔一つ見せることもなく、いつも気難しい顔をして怒鳴り散らしている。

彼についての噂はそんなものばかりだった。

結納後初めて両家の家族で会食した時も、柊は失礼がないようにと、愛想よく振る舞った。

しかし義兄になるはずのこの男は、挨拶をした柊にチラリと一瞥《いちべつ》をくれ「ああ」と言ったきり、あとはずっと無視を続けた。

これには普段おとなしい柊もムカついた。

いくらこちらの立場が下だといっても、義弟になるのだからもう少しなんとか言えるだろうが。あからさまにこちらを格下扱いするような態度をとりやがって！

その場は笑顔で取り繕《つくろ》ったが、胸には名状しがたいしこりが残った。いくら会社のためといっても、こんな男が愛する姉の夫になるなんて……。

合併の話にしたって、当初はTOJOH YUKIの強引な合併工作が発端《ほったん》だった。吸収合併したあとは、花喜側の人間などほとんどリストラして、業務システムや顧客などオイシイところだけ持っていくつもりだったのだろう。ここ二年ほど赤字決済が続いていた花喜は、TOJOH YUKIの申し出を断ることが難しい状態であった。

椿を嫁にやることを条件に、父は吸収合併という屈辱《くつじょく》的な扱いを、対等な関係に持っていくことに成功した。

しかし、その肝心の椿が逃げてしまった。

「どうしたんだ、柊君。ああ、柊と呼んで構わないか？」

柊の姿を認めると、東條は人払いをし、椅子をすすめた。

相変わらず表情は硬いままだが、初めて会った時よりは少しくだけた態度。この男でも自分の婚礼の日ぐらいは浮き立った気分になるのだろうか。

「私のことは義兄《にい》さん、と呼んでくれ。光顕さんでもいいが」

柊は意を決して拳《こぶし》をギュッ、と握りしめた。

「東條さん。実は姉さんがいなくなりました」

「…………………何？」

「その……会社の人間が事故に遭って、もしかしたら危ないかもしれないって連絡が入って……」

「…………」

東條は無言だ。

結婚式の直前に花嫁がいなくなったとなれば、言葉を失うのも無理はない。

いつも不機嫌そうに見えるその顔は、怒っているのか悲しんでいるのか、柊には判断がつきかねていた。

嵐の前のような静寂。ややあって、東條の唇が物憂《ものう》げに開く。

「つまり……花嫁には男がいたってことか。私は寝取られた、というわけだ」

「いえ！　姉さんはそんなこと……」

しかし、この場合はそうとられてもしかたがない。

もう招待客は続々とつめかけているだろう。彼らにどうやって中止を告げたものか。それに、慰謝料はいったいいくら払わなければならないのだろう。

こうなっては合併の話など白紙に戻されるだろうし、いや、このことをタテにされて花喜など跡形もなく解体されてしまうにちがいない。

柊は東條の顔を見るのも恐ろしく、床に手をついて頭を下げた。

「申し訳ありません！　……どうか、このお話はなかったことに……」

「…………」

返事はなかった。

柊は床に顔をすりつけんばかりにしていたが、頭上で声がしておそるおそる頭を上げた。

「……杉原《すぎはら》、母はどうしてる？　……そうか、なら控室には近寄らせないようにしてくれ。それと式の開始時刻を三十分遅らせろ。花嫁の具合が悪いとかなんとか言ってな。それから美粧室の者を私の控室の方へ連れてきてくれるか？　大至急だ」

携帯で様々な指示を出す彼を呆然と見上げていると、東條は膝を折り柊の顎を持ち上げた。

その男らしい相貌《そうぼう》に血の気が上っている。

「この話を破談にしたら、いったいどれくらいの損害が出るかわかっているのか？」

押し殺した語尾に、怒りが滲《にじ》んでいる。柊の身体が恐怖ですくみ上がった。

「は……はい。それは重々承知の上です……。慰謝料は必ずお支払いして……」

「金を払えば済むという話ではない。政界財界からかなりの客を招いているんだ。マスコミも来ている。成田離婚なんて昨今ではめずらしくもないが、TOJOH YUKIの社長が、式をする前から花嫁に逃げられたなんて知られたら面目まるつぶれだ。君はそれをわかって言っているのか？」

「…………」

返す言葉はなかった。日本有数のブライダル企業を経営する東條家に、後脚で砂をかけたも同然だ。八つ裂きにされても文句は言えない。

東條は、投げ捨てるように柊の顎を離した。

「いいか、これからのことは私に従ってもらう。君には拒否する権利はないはずだ」

「は、はい……」

もちろん彼に逆らおうなどという気は露ほどもない。しかし花嫁不在のこの場で、いったい彼は何をしようというのか。

五分ほどするとドアがノックされ、スーツの若い男性が入ってきた。背後には先ほど椿の着付けと、ヘアメイクを担当してくれた女性たちを従えている。

「社長。会長は招待客の応対をされています。こちらにいらっしゃることはないと思いますが、先ほどのご指示はお伝えしました。それから式場側には開始時間の変更も。それと……」

東條の秘書は報告を終えると、背後の女性たちを窺った。彼女らは何か不手際でもあったのかと緊張した面持ちで控えている。

東條は二人に向い、単刀直入に切りだした。

「君たちを呼んだのは他でもない。この彼を花嫁に仕立て上げることだ。……できるな?」

「ええっ⁉」

一番驚いたのはもちろん柊だった。

「無理です！　いったい何をかんが…」

常になく大きな声を出した柊の口を、東條は人さし指で黙らせた。

「静かに。このことはここにいる人間しか知らない。わざわざ醜聞《しゅうぶん》を世間に吹聴《ふいちょう》することもないだろう？　君が姉さんになって式に出れば済むことだ」

「だ、だって体型も違うし、あんな背中のあいたドレスなんか……！」

するとと東條は柊の腰をぐいっ、と抱き寄せた。

「細い腰だ」

耳元に吹きこまれてゾクリ、と背中に震えが走る。経営者らしい押しの強い声に、何か得体のしれない含みがあって、柊は身体を縮こまらせた。

そんな柊の動揺などおかまいなしに、東條は女性たちに向き直る。

「ここでのことは他言無用だ。急な依頼で悪いが、これが上手くいけば今後の仕事についてもうまくとり計らってあげよう。……ああ、これは報酬の半金だ。残りは後日ということで」

そう言って東條は財布から札束を取りだすと、女性たちに渡した。そして柊に向かっては、

「心配しなくていい。彼女たちはうちの会社お抱えのヘアメイクアップアーティストとデザイナーだ。業界でもトップクラスだから、君に恥をかかすようなことはしないはずだ」

そう言って目配せしたが、柊はその視線すらも見えていなかった。

冗談じゃない。

いくら姉似の女顔だといっても、ごまかしきれるものではない。身長は姉より少し高い

程度だが、女性のような丸みなどまったくないというのに！

柊と同じく、ひきつった顔をした女性が早口で尋ねる。

「わかりました。お支度はここで？」

「いや、花嫁の控室がいいだろう。三十分で頼む」

「かしこまりました」

「ちょっと……待っ……！」

柊は両腕を女性二人に捕まえられ、ひきずられるようにして部屋から連れ出された。

ドアが閉まる寸前に、東條がかすかに唇の端を上げているように思えた。

笑っているように見えたのは、きっと自分の見間違いにちがいない。

2

高らかなファンファーレとともに礼拝堂の扉が左右に開く。

右手を父親に預け、深くヴェールをかぶった柊はゴクリ、と生つばを飲み込んだ。

先ほど椿が着ていた清楚《せいそ》なドレスは、ウエストを少し出して身体に合わせ、胸にはパットを詰めて形が作られている。靴だけは間に合わないので椿のを履いているが、ただでさえ慣れないヒールの靴の中で指を丸めているので、歩きにくいことこの上ない。

よろめきながら一歩、また一歩とヴァージンロードを歩む。隣の父も緊張しているのが腕に伝わってくるようだ。

柊がメイクを施《ほどこ》されている間に、両親は東條に事の次第を告げられたらしい。そして柊が身代わりになるという提案に驚くも、彼らにはほかになす術《すべ》はない。世間的な信用を失い、莫大な慰謝料を払うよりは、この三文芝居に賭《か》けるよりほかなかったのである。

祭壇の前まで来ると、東條が手を差しだす。父親から彼に渡され、柊は東條の腕に自分のそれを絡めた。

耳元で低く艶のある声が響いた。

「きれいだ」

柊はなんて嫌みなヤツなんだろうと東條を睨みつける。すると、とても穏やかな視線を感じてドキリ、とした。

ちょうど頭上のステンドグラスから光が差しこみ、彼を照らしているからそんなふうに見えるだけだ。この男が自分に対して笑顔など見せるはずがない。

「……愛は寛容であり、愛は親切です。また人をねたみません。愛は自慢せず、高慢になりません」

聖堂に厳《おごそ》かな司祭の言葉が響く。

「愛はすべてをがまんし、すべてを信じ、すべてを期待し、すべてを耐え忍びます。愛は決して絶えることがありません」

愛。愛だって？

なんて悪い冗談なんだろう。

男の自分がウエディングドレスを着て、男に愛を誓わなければならないとは！

「新郎、東條光顕。貴方はこの女性と結婚しようとしています。病めるときも健《すこ》やかなるときも、富めるときも貧しいときも、この女性を愛すると誓いますか？」

「誓います」

はっきりとした力強い言葉が、柊の耳に響く。次に司祭は柊の方を向いた。

「新婦、喜多村椿。病めるときも健やかなるときも、富めるときも貧しいときも、この男性を愛すると誓いますか？」

「……誓います」

心臓が火を噴きそうだ。できるかぎり高い声を出したつもりだったけど、少しうわずってしまった。参列者に男だとバレやしなかっただろうか。

「それでは誓いのキスを……」

司祭の言葉に、柊はギクリとする。しかし東條は落ち着きはらって、柊のヴェールを上げた。

視界が急にクリアになり、端正な顔が近づいてきた。そう思った途端、乾いた唇が触れた。

「んぅ………」

思ったより柔らかい唇は、すぐには離れてくれなかった。一秒、二秒……いい加減にしろ！　と叫びたくなるくらい長いキスのあと、なごり惜しげに彼は唇を離した。

頬が熱い。うまく息ができない。平静を保とうとするが、乱れた息はなかなか元には戻らない。

「では、この二人の婚姻は、神の名の許に認められました」

オルガンの音色が響き、賛美歌が流れる。荘厳《そうごん》な調べが礼拝堂にこだまする。

正面に掲げられたキリスト像を、柊は泣きそうな思いで仰ぎ見た。

神様、嘘をついてごめんなさい。

□□□

「はあ……っ」

新婦控室に入ると、そのまま柊は床にくずれ落ちた。

一面にドレスがひろがり、ヴェールに付けていた花がバラバラと散らばる。拷問《ごうもん》のようなヒールの靴を脱ぎ捨て、繊細なクラシックレースのヴェールも床に投げつける。

これで終わった……。式も披露宴《ひろうえん》も……。

花嫁の体調がすぐれないということで、披露宴の時間は短縮され、招待客への挨拶はヴェールをかぶったまま行った。

東條は自分側の招待客には慇懃《いんぎん》に「妻」を紹介し、喜多村家側の招待客にも丁重に応対した。あまつさえ衆人の前で柊の腰を抱き、気づかう素振りすら見せたのだ。

そんな東條の姿は誰が見てもに新婦にベタ惚れしているかのような印象を与え、政略結婚のそらぞらしさをぬぐい去った。

こんな東條の態度は意外だった。いつも不機嫌そうで、周囲を威圧しているようなイメージなのに、婚礼の日だからなのか、今日はまったく別人のようだ。

柊はふいに唇に手をやった。

あの誓いのキス。フリだけでも誰も見とがめないのに、あんなに長い時間する必要があったのだろうか。

子供の頃から友達と遊ぶより、家で花束を造っていることの多かった柊である。それは大人になっても変わらず、必然女性とは縁遠くなっていった。二十四歳の現在になってもデートすらしたことない。

しかしまさか、ファーストキスの相手が男だなんて……。

ともかく、椿の代役は終わった。あとは東條と今後のことを話しあわなければ……。

コンコンと軽いノックの音が聞こえ、柊はハッとして投げ捨てたヴェールを探した。

「具合はどうだ？」

ヴェールを被り直す間もなく、胸元にそれを抱きしめたまま振り返ると、そこには東條の姿があった。

「……おかげさまで！　なんとか生きてますっ」

言ってしまってから、ハッとして口を押さえた。自分は東條にこんな口をきける立場ではない。しかも彼は、自分の身体を気づかってくれたというのに。

しかし彼は気を悪くした様子もなく、手に持っていた紙袋を無造作に投げてよこした。開けると、それにはサンドイッチとペットボトルのお茶が入っている。

それを見た途端、お腹からくーっという音が鳴った。朝はお茶しか摂ってなかったし、緊張しすぎて食事のことなど気付かなかったのだ。

おずおずと東條のほうを見ると、彼は窓を開け、煙草《たばこ》を銜《くわ》えていた。

紫煙が外に向かってゆるやかにたなびく。柊はそれをなにげなく目で追った。

「……食べないのか？」

ふいに声がして、柊は惚けたような顔で東條を見上げた。端正だが何の感情も窺えない瞳が見下ろしている。

「……あ、いえ。いただきます」

柊は目を逸らし、ゴソゴソとサンドイッチを取りだして食べはじめた。東條が煙と一緒に深い溜め息を吐く。

「……無事に終わったな……」

「……はい……」

無事に終わった――――。

安堵の気持ちは彼も同じだったのかもしれない。柊はその横顔を何となしに見つめた。

男らしい相貌、秀でた額。胸板が張った堂々たる体格も自分とはとてもくらべものにならない。それに日本有数の企業の社長だ。

性格に難はあってもこれだけの男ぶりだ。きっと椿でなくとも、妻になりたいと思う女性は星の数ほどいるだろう。しかし、椿はこの男より一介のサラリーマンである添田のほうが大事なのだ。

「ああ、もう。椿ったらどこに行ったのかしら。連絡も取れないだなんて……」

「ほっとけ！　あんなバカものは！」

両親が控室に入ってきたが、中にいた東條を見てぎょっとする。普段は威厳のある父も、平身低頭するばかりだ。

「これは東條さん、ほんとに今回のことは……！」

「いえ……とにかく無事に式はすみました。今回のことはウチの母も気づいていません。母はコレクションの準備で、披露宴が終わる前にフランス行きの飛行機に乗りました。帰国後に一度、椿さんに挨拶にでも来ていただければ……」

「それは……いったいどういう……」

身代わり劇はとりあえず急場を凌《しの》ぐためで、あとは今後の相談とばかり思っていた父はうろんな顔をした。

「今回のことは母に話すつもりはありません。私は椿さんがいなくても喜多村家とは仲よくしていきたいと思っていますし、そちらもウチと縁を結ぶことを望んでいるはずです」

「それはそうですが……。いや、当家には願ってもないお話ですが、肝心の花嫁がいないことには……。そうだ。もし東條さんさえ承諾していただければ、椿をすぐに連れ戻して……」

父が苦し紛れにそんなことを言うが、一度逃げ出した花嫁を押しつけるなんて、それはさすがに失礼というもの。当然「それには及びません」と東條にも一蹴《いっしゅう》された。

「そこで提案なのですが……」

一旦言葉を切り、東條は柊に意味深な視線を向けた。

「どうでしょうか。しばらく柊君に椿さんの代わりを務めていただく……というのは」

「え………っ!?」

「式の直後に破談になるというのも、当社の業務上どうかと思いますので……。体裁のためにも、しばらくの間彼に妻となっていただきたいのです」

東條の無表情が、反論など許さない威圧に満ちている。

「あの……それは俺……いや、私に女装しろ……、と？」

おそるおそる口にした柊に、東條は当然のように頷いた。

「柊君に家に来ていただけるなら、今回のことは水に流しましょう。そう、花喜さんとの合併の条件も、できる限り善処します」

破格の申し出に、父の目の色が変わる。

「わかりました。東條さんの言うようにいたしましょう。柊をよろしくお願いします」

「そんな……おとうさん!!」

「だまれ！　お前が椿の代わりに嫁に行け！　社長命令だ!!」

「そんな………」

柊は目を見開いたまま、その場にかたまってしまった。そしておずおずと東條の顔を見上げる。

冗談だろう？

これからも椿として、身代わりを務めなければならないというのか。

この東條光顕の……妻として。

3

「う……わぁ………」

東條に連れていかれた先は、高層マンションの最上階であった。

重厚な木の扉を開けると、そこには天井が高く広々とした空間が広がっていた。大きな窓からはウォーターフロントの風景がパノラマのように見渡せる。

あまりの広さに驚き、柊は東條がいることも忘れて声を上げた。

自分は逃げた姉の代わりに連れてこられたのだから、人質のようなものだ。思わずはしゃいでしまった自分を、柊は心の中で戒《いまし》めた。

「このフロアは全部私のものだから、他人に会うことはない。この中では好きにしていてもいい」

広々としたリビング。自然木の壁と床が落ち着いた雰囲気を醸《かも》し出しているが、現代作家のリトグラフがアクセントになっており、東條のセンスのよさを感じさせた。

しかし一番柊の目をひいたのは、窓の外に見える瀟洒《しょうしゃ》な屋上庭園であった。広い敷地には至る所柱廊が巡らされ、色とりどりの花が植えられている。

「マンションの屋上にこんな庭が……」

「好きにいじっていい。ここはお前のものだ」

「えっ……？」

この広い庭が自分のもの？　問い返す間もなく、東條は庭園へと出ていってしまった。

柊も慌ててあとに続くと、そこにはまたさらに驚くような光景が広がっていた。

バラと緑で覆われた優雅なイングリッシュ・ガーデン。中央には蔦《つた》が絡まる四阿《ガゼボ》が設《しつら》えられ、白いガーデンテーブルとチェアが置いてある。

とうに日は落ちて、辺りは闇に包まれている。都会ではめずらしい満天の星空が頭上いっぱいに広がっていた。

「すごい………」

眼下に臨む東京湾。視界を遮るものもなく、まるでこの世界すべてが自分のもののようだ。

こんな眺めは一握りの金持ちのものなんだな……と、柊は背後の東條を窺った。

「……気に入ったか？」

「え？　は、はい……」

気にいったも何も、自分は無理やりここに連れてこられたのに。

しかし、先ほどは訳もわからず丸めこまれてしまったが、男の自分が妻としてここにいる理由が見つからない。

式の時はヴェールを深くかぶっていたからなんとかごまかせたが、柊はまかり間違っても女性には見えない。昼日中スカートを穿《は》いて外へ出れば、たちどころにうさんくさい目で見られるだろう。

かといって、ここからずっと出なければ「東條の妻がいる」というアプローチにもならないはずだし……。

柊は東條のいつも不機嫌そうに見える顔に、意を決して対峙《たいじ》した。

「あの……東條社長」

「光顕だ」

「え」

「結婚したんだから光顕と呼べ。ああ『あなた』でもいい」

「…………」

柊は絶句した。

真顔でそんなことを言うこの人は、いったいどこまで本気なのか。

「社長。いや光顕さん。あの……俺。いや、私は光顕さんの妻には不相応だと思うのですが」

「どうしてだ」

「その……私は家事もできませんし、パーティー等に妻として同席することもできません。それ以前に私は…………男ですし」

「それがどうした」

「いや、ですから。男の自分がここにいても、カモフラージュにならないのでは、と」

「カモフラージュなどどうでもいい。お前がここにいればいいんだ」

「いえ、それでは……」

堂々めぐりだ。柊は頭をかきむしった。

「では……私はここで何をすればいいんですか？」

「…………」

東條は答えず、ただ柊をジッと見つめていただけであった。

彫りの深い整った容貌。縦に刻まれている眉間《みけん》の皺《しわ》が、彼に年齢以上の威厳を感じさせる。

「いいか、これだけは言っておく。お前は私と神の御前で結婚した。だからお前は私の妻だ」

「は、はい……」

「だからお前は私を愛する義務がある」

「愛するぅ？」

思わずすっとんきょうな声が出た。まさかこの男の口から『愛』なんて言葉を聞こうとは。

「で、でも。具体的に何をすればいいというのでしょうか？」

すると、顎をくいっ、と持ち上げられ、値踏みするようにしげしげと見つめられた。

「！」

その瞬間、身体を引き寄せられ、唇に刺激を感じた。厚みのあるそれが自分の唇をついばみ、舌が湿った音をたてるまで、柊はそれが『キス』だとは思わなかった。

「……んぅうっ！」

やっと神経のシナプスが繋がったように、柊は抵抗をはじめたが、それよりも自分の腰を抱く男の力のほうがずっと強い。

昼間のキスなんか子供だましだ、と言わんばかりの激しさ。何度も角度を変えて吸われ、ぼんやりと開いたままの口に抜け目なく舌がもぐりこんでくる。それ自体が生き物のように縦横無尽《じゅうおうむじん》に這い回り、柊の舌を追いつめ、絡みつき、蹂躙《じゅうりん》する。

反り返った背中の芯が腰からジン……と熱くなってくる。

「……わかったか？」

あまりの衝撃に腰が抜けてしまった柊に、いらだったような言葉が浴びせられる。

「何をするかわかったのか？」

床にへたったままの柊は、質問されたことに気づき、ふるふると首を振る。

「いいか、お前は私の妻だ。だから私に従わなければならない。これから結婚生活を送るにあたっての『夫婦の決め事』を言うぞ」

「は……はいっ？」

「一つ、朝起きたら必ずキスをすること。私が仕事に出るときや、帰ってきたときもだ」

「へっ……？」

よくドラマでやっているような「いってらっしゃ～い、チュッ」っていうようなヤツだろうか？

「返事は？」

「は……はい……」

「それから、私のために毎日花を飾ること」

「あ、それなら……」

それを聞いてちょっと安心した。「夫婦の決め事」なんて言うから、どんな難しいことを言われるのかと思っていた柊は肩透かしをくらった。キスは……冗談だと思おう。

それにしても。

あのいつも苦虫を嚙みつぶしたような顔の東條が、真面目にそんなことを言うなんて思いもよらなかった。

「……どうした？　何かおかしいか」

「いいえっ、そんな」

つい笑みがこぼれてしまったのを、手を振ってごまかした。東條は気を悪くしたのか、よけいに眉間の皺が深くなっている。

「それからもう一つ。毎日愛を確認すること。以上だ」

「愛を確認……って、何をすればいいんですか？」

「愛しあうこと……つまり毎日セックスすることだ」

「えっ……俺、男ですよ？」

「男でも構わん。むしろ私は男の体のほうが好きだ」

「ええっ？」

……ということは東條は同性愛者なのか。姉と結婚するはずだった彼がそういう性癖《せいへき》を持っているなんて、一体どういうことだ。

不審の表情を浮かべた柊に対し、東條は意地の悪い笑みで応える。

「ふん。別に女がまったくダメというわけではないがな。なぜウチの母があまで君の姉さんを、と言った理由がわからんのか？」

「いいえ……」

合併の話し合いの場で、東條の母で会長の東條ユキが、異常なまでの熱心さで椿を、と求めてきた。父はそれをいいことに契約の変更を申し出た。

花喜にしてみれば破格の契約でも、TOJOH YUKI側にしてみれば、まったく旨味のない話だ。倒産寸前の会社の借金を肩代わりして、社員の待遇もそのままなのだから。しかし、それと椿との結婚とどう関わり合いが出てくるのだろう。

「私が男が好きだからだ」

「はあ……」

「まだわからんか？　ブライダル産業では並ぶものがないTOJOH YUKIの社長が男好きだなんて、体裁が悪いに決まっているだろう？　いや、体裁なんてものではない。マスコミには格好のスキャンダルだし、何より会社の業務には致命傷だ。ゲイの社長がいる会社で、ウエディングドレスを誂《あつら》えようとするか？」

「それは……微妙ですね」

うっかり言ってしまってから、ハッとして口を押さえた。

「君の姉さんは美人で控えめな性格だ。加えて傘下の企業のものであれば秘密も守れるだろう？」

「秘密？　つまり……社長が男好きだってことですか？」

「そうだ」

「…………」

カモフラージュは自分ではなくて、椿のほうだった。社長がゲイなら、男の自分がここにいてもなんら不都合はないんだ。なーんだ。

……ん？　それって……。

柊は上目遣いになり、おそるおそる東條に聞いてみた。

「もしかして……俺は……社長にとっては好都合……？」

「そう。飛んで火に入るなんとやら、だな」

「!!」

猛然《もうぜん》と扉に向かってダッシュした。……するつもりだった。が、振り返り足を一歩踏みだした途端に、首根っこを捕まえられた。

「離して！　離してくださいっ!!」

「今さら逃げられると思っているのか？」

背後から羽交《はが》い締めにされ、耳たぶを噛むほど近くから、耳に直接吹きこまれた。

「いいか。君の姉さんが私と結婚することは合併の条件の一つだ。合併はまだ締結していない。条件の一つである姉さんが逃げて、私は君が代わりでいい、と言った。どういうことだかわかるな？」

「……俺が逃げれば……合併の条件を変更する、ってこと……ですか？」

「そうだ。花喜を解散させて、君の父上以下全員リストラすることもだ。ああ、君の姉さんの婚約不履行《ふりこう》で慰謝料を請求することもできるな」

柊の体からへなへなと力が抜けた。

その力が抜けた人形のような体に、再び低く恫喝《どうかつ》するような声が囁いた。

「……風呂に入って体をみがいてこい。今夜は初夜だからな」

そうして突き放した東條の顔を、柊は恐ろしい思いで見つめていた。

□□□

「あ……っ……。そこは………」

もうどれくらい時間がたっただろうか。

柊はこんな恥ずかしい行為が世の中にあったのかと、愕然とする思いであった。

貧弱な裸を他人に晒すことすら羞恥《しゅうち》を覚えるのに、唇が触れない場所がないくらい全身にキスをされるなんて。

髪、耳たぶ、首筋。指の一本一本に至るまで東條は口で含み、舌で愛撫した。

男のそれなんて必要のないものと思っていた両の乳首も執拗《しつよう》にこねられ、舌先でチロチロと舐《ねぶ》られる。

そういえば昼間のキスが初めての性的な体験だったことを思えば、今日一日でなんと多くのことを経験してしまったのだろう。いったい自分はこれからどんなことをされるのか。考えただけで眩暈《めまい》がしてくる。

柊は柔らかいシーツの上で獣のような格好をさせられ、自分自身も見たことがない場所にキスをされていた。

「東…じょ……さ……。いや……そこは嫌だ……」

「ダメだ。ここを念入りに開かないとケガをする」

軟体《なんたい》動物のようにくねくねとしたものが、自分の一番奥まった場所で蠢《うごめ》いている。

東條の肌の熱さも性急な吐息も怖かったが、それまではまだ『初夜の行為』として認識できた。

しかし四つん這いにさせられ、あんな場所を舐められるなんて恥ずかしさで死んでしまいそうだ。こんなことに耐えるぐらいなら、まだ痛みのほうがマシなのに。

「……あ!?」

あの場所を何か硬いものでこじ開けられた。東條の太い指が潜りこんできたのだ。

「硬いな……。これでは私が入れるようになるまではだいぶかかりそうだ」

入る?

その言葉に驚いて、柊は背後を窺った。闇に慣れた目は、東條の一糸纏《いっしまと》わぬ姿を如実《にょじつ》に映し出す。

胸も腕も、自分のそれとは比べようがないくらい厚く太い。そして下に視線を向けると、膝立ちになった彼の両足の間には、恐ろしいほどの剛直がそそり立っている。

もしかしてアレを俺に……？

「嫌だ！」

這ったままの姿勢で逃げ出そうとすると、足首を掴まれ、仰向けにされた。そして足が左右に割られ、腰を高く持ち上げられる。

「んううっ!!」

指よりも硬いものが、柊の奥まった場所をこじ開けようとしている。業を煮やした東條がその凶器を押し当ててきたのだ。

まだ硬い蕾は容易に侵入者を受け入れようとしない。東條の口からも苦悶《くもん》のようなうなり声が漏れる。

「ひっ……！　やめ……それ以上は……」

「力を抜け。……まだ半分も入っていない」

いくら柊が東條の身体を押し返そうとしても、彼はこの恐ろしい行為を完遂《かんすい》するつもりらしい。どうあっても身体を繋げる気なのだ。

柊の手首を掴むと、二つまとめて頭の上に磔《はりつけ》にした。そしてもう片方の手は腰を抱え直す。その動きで熱い楔《くさび》がまた少し奥に食いこんだ。

じわじわと身体を裂かれている。中心から真っ二つに。そんなイメージに囚われて、柊の口から悲鳴が漏れた。

「いやっ！　嫌だ——っ!!」

しばらくして、ふう、と東條が深く息を吐いたのを感じた。彼がすべてを納めたのだ。

体内に息づく、自分のものではない脈動。その硬さと熱さに今さらながら恐怖を感じる。

涙が止めどなくあふれ、頬を伝いシーツへと流れた。

「嫌だ……。こんな……」

「がまんするんだ。慣れればお前も気持ちよくなる」

乱れていた呼吸が整い、あの場所の異物感が少し薄れた。大きく息を吐くと、突然柊の内部にある杭が引き抜かれた。

「ううっ！」

内臓もすべて持っていかれそうなほどの強烈な感覚。それは根元近くまで抜かれ、再び奥まで突き進んでくる。

「うっ！　ああ……」

花びらを散らす勢いで杭が行ったり来たりし、粘膜は痺《しび》れて感覚を失っていた。時折、東條が柊の足を抱え直すと、穿《うが》っているものの角度が変わり、また新しい場所を征服される。

「くうっ！　……あ………っ。あっ。あっ。ああッ！」

東條の動きが一際《ひときわ》激しくなった。肉と肉がぶつかる。粘膜が軋《きし》む。ギシギシというベッドのスプリングの音がさらに大きくなる。

そして、突然東條はその動きを止めた。

身体の奥深い場所で何かが噴き上げる。東條の出したもので内部をしとどに濡らされているのだ。

「……ああ……」

儀式は終わった……。

それを知った途端、柊は意識を手放していた。

4

窓から入る風が天蓋のレースを揺らしていた。鳥のさえずりがそろそろ起きる時刻だということを告げている。

「……あ!」

自分の部屋ではないことに気づいて、柊はやにわに身体を起こす。すると腰にズクリと鈍い痛みが走った。

「……痛……っ」

「大丈夫か?」

大きく骨張った手に抱き留められ、柊はそれにすがる。すると、厚みのある唇が軽く柊の唇を掠めた。

「おはよう、奥さん」

「あ……おはよう……ございます。なんとか……大丈夫です」

そう言いながらも、柊はつい、と顔を背けた。昨夜の悲惨な記憶が、軽いキスで呼び覚まされてしまったのだ。

破瓜《はか》されたショックで気を失っていた柊は、激しい痛みを感じて意識を取り戻した。無理やり開かれたあの場所に、東條が再び挑みかかってきたのだ。腰を高く上げられ、最初の時よりもずっと深い挿入で奥まで征服された。

結局深夜まで執拗に身体を嬲《なぶ》られ、体内のあんな場所に男の欲望を注ぎこまれつづけた。二十四年間生きてきてワーストワンといえるほど屈辱的な行為。男の自分が、ほかの男に力づくで思うままにされてしまうなんて……。

「……昨夜はすまなかった」

「え？」

聞こえるか聞こえないかぐらいの声がしたと思った途端、東條は柊から離れ、背を向けた。

「しかし、あれは妻の務めだ。お前がいくら嫌がろうが、慣れてもらうぞ」

「は……はい……」

強い態度で言い切られ、柊は絶望的な気持ちに陥った。あんな行為が仕事だなんて……。しかし、自分はそれに従わなくてはならないのだ。

時計を見るととうに起きる時刻をすぎている。いくら疲れているとはいえ、妻がこんな遅くまで寝ているわけにはいかない。

タオルケットをまくると、パジャマを着ていることに気づく。たしか昨夜は裸のままで、しかも東條と自分の体液でドロドロだったのに、いつの間に着たのだろう。まさか東條が自分の体を拭いて、下着まで穿《は》かせてくれたのだろうか。

「体が動かせるなら、そこにある服を着ろ。一緒に食事をするぞ」

そう言うと、東條は部屋から消えた。

柊は溜め息ひとつ吐くと、パジャマを脱ぎはじめた。

体のあちこちにうっ血したような痣《あざ》がある。鏡に写してみると、それは足の付け根や白い尻たぶにまでつけられていた。しかも、硬い豆粒だった両の乳首は、茱萸《ぐみ》のように赤く腫《は》れ上がっている。

そういえば体中にキスをされたんだった。それも軽くではなく、音がするほど強く吸いつかれた。

昨夜の恥ずかしい行為が怒濤《どとう》のように押し寄せ、柊はいたたまれない気持ちにさせられた。嫌な記憶をこれ以上思い出す前に……と、柊はたたんである衣服を広げて、驚愕した。

それはシンプルな白のサマーニットと、ボトムはやはり白の……スカートだったからである。

「み、光顕さん……」

ニットも女性ものであったが、貧弱な裸体を晒《さら》すのもどうかと思ってそれは身に付けた。

しかし、下半身はタオルケットを巻いたままの姿で、おそるおそるダイニングに顔を出す。

「これ……スカート……」

「何だ？」

テーブルの前で横柄に足を組んで座った東條は「それがどうした？」と言わんばかりだった。目は新聞から離すそぶりも見せない。

「これ……俺が穿くんですか？」

「当然だろう。君は姉さんの代わりなんだから」

もしかして、これからずっと女の格好をさせられるのだろうか。家の中でも？

柊はスカートを手にしたまま、その場にぺたんと座りこんだ。今にも泣きそうな顔をしていると、新聞の向こうでぷっ、と噴き出すような声が聞こえた。

「えっ？」

東條はゴホンゴホンとせきこんでいる。そしてそのあとから尊大な声が聞こえた。

「冗談だ」

「冗談……ですか？」

繰り返したが、柊にはとてもそれが本当のこととは思えない。この男でも冗談を言ったりするのだろうか。

「私はけして女装の男が好きなわけではない。家にいるときは普通の格好をしてくれて結構だ」

「本当に？」

「ちゃんと男物の衣服も用意している。ソファーの上を見ろ」

見ると、届いたばかりとおぼしき箱や袋が山と積まれていた。促《うなが》されて一つ一つ開けてみると、入っていたのはシャツやスーツ、それにネクタイ。靴や下着まである。サイズの小さめなそれらは、東條のものではなさそうだ。

「これは……？」

「全部お前のものだ。急いで取り寄せた」

こんなにたくさん……、と柊が驚いていると、東條は新聞を脇に置いて立ち上がった。ぐい、と左手を取られ、薬指に指輪をはめられた。それはプラチナに小さなダイヤがキラキラと光っている。

「えっ？」

「結婚指輪だ」

東條の左手にも同じ指輪があった。彼のものは前もって用意されていたろうが、自分のこれは直すか新しく買うしかない。それにしては早すぎる仕事だ。

唖然として指を見つめていると、東條に
「早く着替えてこい。スープが冷める」

と、怒られてしまった。

とりあえず女装しなくてもいいことに安堵し、白いシャツとチノクロスのパンツに着替えた。

再びダイニングに戻ると、香ばしい匂いが鼻腔《びこう》を刺激する。さっきは気が動顛《どうてん》して気づかなかったが、テーブルの上には清潔なクロスが貼られ、朝食が並べられている。

一見シンプルだが、ナッツ入りのベーグルには生ハムとグリュエールチーズが挟まれ、アンディーブやルッコラのサラダの上にはキャビアが乗っていた。そして湯気をたてている透き通ったコンソメスープ。

とまどいながら椅子に座ると、「コーヒーか？　紅茶か？」と、東條が聞いてきた。

「あ、コーヒー……」

「キリマンでいいか？　ミルクと砂糖は？」

「ミルクだけで。あ、いえ。そんなこと俺が……」

「いや、お前は座っていていい」

そう言ってそそくさと東條がキッチンに消えるのを、柊は不可解な表情で見送った。

高圧的な態度は相変わらずなのに、なぜか気を使われているような気がする。眉間に縦皺を寄せた不機嫌な顔でいるのにもかかわらず、だ。

山のようなプレゼントといい、わざわざコーヒーを淹れにいってくれたことといい、もしかして東條は、昨夜のことを悪いと思って、ああしてくれているのだろうか。

それにしても目の前の料理はとてもおいしそうだ。寝ていて気づかなかったが、いつの間に家政婦さんが来たのだろうか。

「家政婦さんがいらっしゃるんですか？」

「何？」

コーヒーを注ぎながら、鷹城が眉尻を上げた。

「えっ。だってこの料理は……」

「私が作った」

「ええっ⁉」

「私の趣味が料理ではおかしいか？」

ジロリ、と睨《ね》めつけられて、柊は縮こまって「……いいえ……」と、答えることしかできなかった。

大企業の社長である彼が料理をするなんて。いや、この男がエプロンをして台所に立っているところなんて、まったく想像できない。

いたたまれない空気に耐えきれず、柊はあわてて「いただきます」を言い、スープを口に運んだ。

「……！」

さわやかな香味野菜の香りと深い味わいが舌に広がる。

「うまいか？」

「は、はい！　このスープも光顕さんが作ったんですか？」

当然だ、と言わんばかりに東條が頷く。

「ちゃんと鳥がらでスープを取って作ったんだ。近くに二十四時間営業のスーパーがあるから、お前が寝てる間に買い物に行って、それから三時間煮こんで……」

「えっ……」

どうして、そんなことまで。口に出そうとしたが、彼はまたバサバサと新聞を広げだした。

「今日だけだ。これからはお前がいるんだから、食事は作ってもらうぞ」

「あ、はい。でも……俺やったことないんです。包丁も持ったことなくて……」

「私が教えてやる」

「えっ⁉」

「……何か不満か？」

「あ、いえ……よろしくお願いします……。あ、あと俺、掃除も洗濯もやってもらっていたので……」

「できないのか？」

「は、はい……」

再び睨まれて柊は恐縮した。二十四歳の普通の男である。しかも実家住まいの柊は、当然のように掃除も洗濯も母にやってもらっていた。

「掃除は週に二回業者に頼んでいる。それから洗濯はこのビルにランドリーサービスがあるからそれを使えばいい。食事だけは、私はいろいろ好みがうるさいから……」

でもその食事だって、東條に教えてもらわなければ何一つできない。柊は自分のふがいなさに頭を垂れた。

「すみません、何もできなくて……。俺……妻として失格ですね」

バサリ、と音がして、東條は新聞を置いた。

「家政婦のつもりで連れてきたわけではない。お前はここにいるだけでいいんだ」

「は、はい……」

会話が途切れ、二人は黙々と食事を進めた。料理はどれも見事だったが、柊には味を楽しむ余裕などなかった。

掃除も洗濯もできない。できることといえばセックスの相手だけ。それでいいだなんて……。

チラリ、と目線を上げると、目の前の男も相変わらず苦虫を噛みつぶしたような顔をして、黙々とスープを口に運んでいる。

いつも後ろになでつけている髪の毛が、今日はラフに垂らしたままで、彼が意外に若いことを気づかせる。白にブルーのストライプのシャツは、上二つボタンが開けられていて、隙間から厚い胸板が覗く。

ゾクリ。

なにげなく東條の胸元を見ていただけなのに、急に背筋が震えた。

そうだ。昨日はあの胸に組み敷かれて、しかもあんな格好にされて………。あの冷酷無比な東條社長と、一介の営業マンの自分があんな場所で繋がってしまうなんて……。

またもや昨夜のことを思いだしかけてしまい、柊はあわてて話題をひねり出した。

「あ、そうだ。ここって駅は何駅なんですか？　あとで道を教えていただけると助かるのですが……」

「どうしてそんなことを聞く？」

「だって、今日は月曜ですし。そろそろ出ないと会社に遅刻しちゃ……」

時計を見るとすでに八時を何分か過ぎている。交通のアクセスが悪ければ遅刻必至の時間だ。柊はあわてて立ち上がった。

「行かなくていい」

「は？」

「私は今日から一週間休みを取った。お前も休め」

「いや、だって。俺、合併推進室に入れられたんですよ。だから、細かい条件の交渉とか書類作ったりとか……。今休んでる場合じゃ……」

「なら、条件の交渉はベッドですればいい」

「えっ⁉」

驚いたのもつかの間、東條は大股で近づき、柊の腕を取った。

「ひゃっ⁉」

軽々と持ち上げられ、横抱きにされてしまった。

そして東條は大股で寝室に入ると、柊をベッドの上に投げ出した。

「社長！　ま、まさか……こんな朝っぱらから」

「光顕だ」

驚くほど手早くシャツのボタンが外され、白い肌が空気に晒された。

「あうっ！」

昨夜、さんざん吸われて腫れ上がった乳首が、東條の口に含まれる。軽く歯をたてられ、ただでさえ敏感になっている身体が鮎《あゆ》のように跳ねる。

「今度社長、と言ったら酷《ひど》く扱うぞ」

「そんな……」

ボタンを下半分残したまま肩からシャツが落とされ、後ろ手に拘束されたような格好にされる。さらにそのまま俯《うつぶ》せにされ、下着ごとボトムをはぎ取られた。

朝の爽やかな光の中、剥きだしにされた尻に空気が触れる。

「ふむ……。思ったより赤くなっていないな……」

昨晩開かれたばかりのそこを凝視され、柊の顔に血が上る。昨日は暗かったし、行為の衝撃が強かったが、何をされるのかわかっている今では羞恥のほうが強い。

つぷり、と突き入れられた指は、柊が思った以上にスムーズに奥まで入っていった。

「光顕さん……嫌だ……。せめて会社に連絡させてください」

「君の父上にあとで電話しておこう。ハネムーンだとな」

「何がハネムーン……ああっ!!」

頭をベッドに押さえつけられると、しぜん尻だけ捧げるような格好になる。背後から腰を掴まれ、ファスナーからアレだけ取りだした東條が、唐突に柊の中に押し入ってきた。

何の躊躇《ちゅうちょ》もなく奥まで突き入れられて、身体が海老のように反り返る。

「……うっ……。ああ………っ」

「続けてしたほうが、お前も早く慣れる」

そう言いながら東條は、左右に腰をグラインドさせた。

衣服もつけたままのバックからの挿入は、まるで自分が犯されるための穴になったような気がする。

どうせ自分は東條の性欲処理の道具だ。

柊は蹂躙される屈辱に耐え、唇を噛みしめていた。

絹糸のような髪の毛が、シーツに擦れる音を聞きながら、柊はうつろな目をして行為が終わるのを待っていた。

5

「はあ……」

柊は何度目かの深い溜め息を吐いた。

眼下に東京湾を臨む見事な眺望《ちょうぼう》。目の前には柊の好きな乳白の花器。バケツに入れられた花々は、活《い》けられるのを今か今かと待ちわびている。

しかし色とりどりのそれらを目にしても、気分はどんよりとして落ちこむばかり。

平日のこんな昼日中に、会社にも行かず好きなだけ花をいじっていてもいいという天国のような環境だというのに、どうしてこんなに気分が重いのか。

それもこれもあの性欲過多の傲慢《ごうまん》男のせいだ。

あの日以来、朝でも昼でも東條はその気になれば柊を抱こうとするし、この数日はまったく体が休まる暇がなかった。

ベッドどころかソファーやキッチン、揚げ句の果てには庭園でもコトに及ぼうとするし、柊に筆舌《ひつぜつ》に尽くしがたい恥ずかしい行為を強要してくる。

「そういえば昨日はここで……光顕さんの口でイかされて、それから膝の上に座らされて……」

昨夜の行為を反芻《はんすう》して、柊は一人で頬を赤くしていた。

「座ったまま後ろから入れられて、その上乳首もいじられてすごく……」

悦《よ》かった……などと脳裏に浮かんだ途端、ハッとしてハサミでちょきん、と花を切り落としてしまった。

「ああっ！　………ごめんね……」

無残な姿になった花を見て、柊はまた深い溜め息を吐いた。

どうかしている。

あんな獣みたいな行為のことを考えて、身体を熱くしているなんて。

性的な欲求は希薄だし経験もなかった柊だが、それまでセックスは愛しあうもの達の行為だとおぼろげに思っていた。しかし恐ろしいことに身体は快楽を覚えはじめ、あの部分で受け入れることも、中を掻き回されることも気持ちのいいことだと認めはじめている。

第一東條は「毎日愛を確認すること」などと言っていたくせに、抱くだけ抱いて愛の言葉など言ったこともない。言われても困るが、自分がモノのように思えて悲しくなる。

けれど本来ならここにいたのは姉の椿だったのだと思えば、身代わりになれて本当によかったと思う。

姉は無事に九州の病院に着き、その甲斐あってか添田は意識を取り戻したらしい。それを聞いただけでも自分の犠牲が役にたったと思える。しかし。

「いつまでこんな日が続くのかな……」

柊は空を仰ぎ、ぼんやりと呟いた。

東條は体裁のために椿と結婚しようとしたのだから、すぐにまた次の相手を探すだろう。自分は次の女性が来るまでの繋ぎ、この関係はしばらくの辛抱《しんぼう》。

柊はそう考えて気持ちを切り替えることにした。

元々、楽天的な性格だ。こんな豪華なマンションに住むことは一生ないだろうし、会社勤めをしてからは、まとまった休みなど取れたことはない。大学卒業以来まともに作品を造ることもできなかったのだから、この機会を楽しまない手はない。

「自分のために毎日花を活けること」

それはこの家に来た日に東條に言いつけられたことだ。花は近くの花屋から運んでもらっているし、花器も数えきれないほど東條が買ってくれた。

創作意欲に燃え、柊は目の前の花々に意識を向けた。

「キレイだなー。よしよし。もっとキレイに見えるように活けてやるからな」

そう言って、柊は大振りのラナンキュラスに話しかけた。

自分でバカだなと思うときもあるけど、花の一つ一つに話しかけるのは、柊の子供の頃からの癖だった。

　しかし、そうやって話しかけてやれば、花もそれに応え、より綺麗に咲いてくれるような気がする。

　自分の頭の中のイメージが、少しずつ形になっていく。それを目の当たりにして、柊は心が洗われるような気持ちであった。

「！」

　ふいにハサミを握る手が止まった。分厚いビジネス書を手にした東條が、庭園に入ってきたからだ。

　まさか、またここで……？　と、一瞬身体をすくませるも、東條は柊から離れたガーデンチェアに座った。

「私のことは気にせずに続けてくれていい」

　そう言って、彼は煙草を片手に本をめくった。

「はあ……」

　いつまた行為に及ぶかと、しばらくはビクビクしていた柊だったが、東條が近づいてくる気配がないことを見て、また作業に没頭した。

　海からの風がふいに頬をくすぐる。空には白い雲が浮かび、五月晴れのいい日和《ひより》だ。

自分が花を活けて、東條は読書して。ここへ来てからこんなに穏やかな時間は初めてかもしれない。特に会話もなかったが、なんとなくそれは居心地悪くない空間であった。

「ふう……」

作品が完成すると、柊は額の汗をぬぐった。それはラナンキュラスをメインに、連翹《れんぎょう》やトサミズキを使った、シンプルだが春らしい小品であった。

作品の出来栄えに満足していると、ふと視線を感じた。東條は柊がそちらを見るなり視線を落とし、再び活字を追っている。

時折、東條が自分のことをジッ、と見ていることに気づいていたが、柊はベッドにひきずりこまれること怖さに気づかないフリをしていた。

しかし気になることがあって、めずらしく自分から東條に話しかけてみた。

「光顕さん」

「……なんだ？」

「煙草」

「ん？」

「吸いすぎです」

「そうか？」

気になること。それは東條の煙草の量であった。柊が見るといつも口に銜えているし、見ていない時も吸っているのであれば、一日ゆうに二箱は超えるだろう。

ガーデンテーブルの上の灰皿に、吸い殻がこんもりと山を作っているのを見て、柊は顔をしかめた。

「時代に逆行してますよ。最近は禁煙のところも多いし、仕事でも差し支えることってあるんじゃないんですか？」

「仕事中はあまり吸わないが……」

「家でだけ？　なんでそんなに……」

そう言いながら柊は職場の先輩を思いだした。普段はそれほどでもないのに、仕事が進まないとか課長に怒られたとか、何かストレスがあると煙草の量が増えるのだ。

「何か……間が持てなくてな……」

「間？」

「いや……」

そう言って東條ははぐらかしたが、柊はもしかして自分の存在がストレスになっているのではないか、と考えた。

しかしどちらかといえば、無理やりここに連れてこられてセックスを強要されている自分のほうがストレスを感じてもおかしくないだろう……と、うらみがましい目で東條を見上げた。

「私の身体を気づかってくれているのか？」

「一応……妻ですから」

「…………」

自分の言葉と、見つめる東條の視線に恥ずかしさを感じ、柊は下を向いてしまった。

「……お前がそう言うなら、少し減らすかな」

「え」

少し強い風が吹いて、東條の言葉が聞き取れなかった。聞き返そうとしたが、東條は煙草をもみ消し、読みさしの本に視線を落としている。

今、減らす、って言ったのか？

その言葉を柊は本気にとってはいなかった。まさか東條が自分の忠告を聞くなんて……。

「……それはなんていう花だ？」

「えっ？」

ふいに話しかけられて、柊は頭を上げた。その時手に持っていたのは、白地に紅を指したような小さな花だった。

「あ、ああ。これは鹿子草《かのこそう》です。可憐な感じが妖精《ようせい》みたいで、よく使うんですけど……」

言ってしまってから、ちょっと恥ずかしくなった。二十四にもなる男が妖精もないだろう。

「そうだな。……お前みたいな花だ」

「……………」

とっさに何と答えていいかわからずに黙っていると、東條はいつの間にか本を閉じ、部屋に入ってしまった。

東條という人間はよくわからない。

料理を教えてくれたり、たくさんの贈り物をしてくれたりして、いい人なのかもしれないと思えば、セックスの時には自分本位だし、やっぱり横暴な人なのだと思う。

特に話しかけもしないし、人のことなどまともに相手しないかと思えば、時々こんなことを言ったりするので……本当に訳がわからない。

6

一週間のハネムーンが終わり、柊はようやく会社に出られることになった。

東條ははじめは難色を示したが、彼と結婚したと思われているのは姉の椿であり、柊ではない。

それに、元より真面目な質《タチ》の柊は、家にいて花を活けたりするだけでは申し訳ないと考えていた。それに慣れてきてはいても、未だ何を考えているかわからない東條との生活から、逃げたいと思っていることも事実であった。

「お。身体は大丈夫か、喜多川」

合併推進室のドアを開けると、先輩の嶋岡《しまおか》が肩を叩いた。

「すみません、迷惑おかけして……」

会社にはひどい風邪をひいていることになっているらしい。

「ははは。椿さんが結婚して落ちこんでるんだろう、ってみんな言ってたぞ。このシスコンが」

「やめてくださいよぉ」

からかわれて頭を掻いている柊の背後から、女性社員も声をかけてきた。

「でも、まだ具合悪そうね。目は潤んでいるし、なんだか頬も赤いみたい」

「えっ。ホントに？」

あわてて柊は壁の鏡を見た。確かに頬は赤いし、今にも泣き出しそうな目をしている。

……というのも、朝っぱらから東條がいたずらを仕掛けてきたからだ。さすがに挿入はなかったが、弱点である乳首を弄られ、手と口でイかされてしまった。

いってきます、のキスも唾液《だえき》が絡むほど激しいもので、やっとのことで玄関を出たあと、柊はしばらく歩けないほどであった。

「そういや、なんかエッチ臭い顔してんなぁ、お前。風邪じゃなくて彼女とどっかにしけこんでたんじゃないのか？」

嶋岡にしげしげと眺められて、柊の顔は余計赤みを増した。

彼女どころか、合併する会社の社長とナニしてました……なんてもちろん言えるわけがない。

「そんな彼女なんかいませんよ。それより、合併の話は何か進展ありましたか？」

「まあ…な」

柊が尋ねると、嶋岡は言葉を濁《にご》した。

「上の待遇のことで、まだ揉めててな。役員関係は俺らはタッチできないからな。まあ、あちらさんの意向に従うしかないんだが……」

「揉めてるって……。トップの人事は据え置きということではなかったんですか？」

「どうもTOJOH YUKI側では、社長以下役員は全員クビにしたいらしくってな……」

「ええっ⁉」

社長以下役員の待遇の据え置き。それは椿と東條が結婚する時の条件であったはずだ。そして、自分が身代わりになることになったとき、東條は『善処する』と言ったはずだ。今さら撤回だなんて……。

□□□

「おかえりなさいませ、だんなさま」

その日の夜。柊は玄関先で正座して東條の帰りを待った。

扉を開けて、上がり框《かまち》に柊が折り目正しく座っているのを見て、東條は目を瞠った。

「……ただいま、柊」

「夫婦の決め事」の一つであるキスをしようと、東條は長身を折って顔を近づけた。柊はそれを手で押しとどめ、キッパリとした口調で告げた。

「契約変更の理由を教えてください。結婚式のあと、契約内容は変えないっておっしゃってたじゃないですか？」

あのあと父にも聞いてみたが、役員解任の話は強引に進められていて、しかもそれは社長である東條の意向らしい。

「……善処する、と言ったはずだ」

東條は気がそがれたように柊から離れた。ずかずかとリビングに入り、上着もネクタイも無造作にソファーの上に投げ捨てる。

「どうしてですか？　答えてくださいよ、東條社長！」

社長、と呼ばれてビクッ、不快げな顔をしたが、東條は投げやりに吐き捨てた。

「気が変わった」

「そんな……！」

柊は東條につかみ掛からんばかりに詰め寄った。東條の眉間の皺が深くなり、彼の機嫌を損ねたのがわかった。

「いいか。花喜がこれほどまで経営悪化した原因は、君の父上以下今の重役たちだ。本来なら責任をとって辞任するべきなのに、彼らはのうのうと今の地位にしがみつこうとしている」

「それは……」

「せっかくこちらが手を差し伸べても、中身が変わらないんじゃ、金をドブに捨てているも同然だ。また赤字を重ねられても今度は花喜だけの問題ではない。TOJOH YUKI も一《いち》蓮托生《れんたくしょう》だからな」

「じゃあ……せっかく人質になった俺の立場は……！」

「人質？」

東條の言葉が明らかに怒気を含んでいる。襟元を掴まれてぐいっ、と引き寄せられた。

「勘違いするな。お前が身代わりになったからといって、お前の姉さんがしでかしたことの穴埋めになるというのか？」

「！………」

「自分にそれほどの価値があると思うなんて、たいした自信だな」

突き放されて柊はどう、と床にしりもちをついた。

東條の言うとおりだ。椿の失踪は露見《ろけん》すればTOJOH YUKIにかなりのダメージを負わせるところだったのだ。それを男の自分が身代わりになったことで、帳消しにしてもらおうなどというのはムシがよすぎる。

それに、会社の業績不良の原因が父をはじめ重役達のせいだということも柊は十分わかっていた。時代は変わっているのに旧態依然《きゅうたいいぜん》としたやり方を変えず、結果、会社の経営をこれ以上ないほど悪化させてしまった。

それでも。ワンマンとはいえど、父が自分で興《おこ》した会社にどれだけの愛情を注いでいるか知っている柊としては、赤字の責任をとって引退させられてしまうのは不憫《ふびん》でならなかった。

柊は床に正座すると、両手をついて頭を下げた。

「無理を言っているのは重々承知しております。どうか……父の首だけはなんとかならないでしょうか？」

「…………」

「なんでも……しますから……」

見つめられるだけで、こちらを萎縮《いしゅく》させる強い光に射ぬかれる。しかし、柊は負けまいと見つめ返した。

「君の父上には、合併後しばらく花喜側の要職についてもらう、ということはできる」

「えっ……？　……ということは……」

「ああ、二年ほどなら相談役なり、それなりのポストを用意しよう。すぐに全員切るとなると、こちらで欲しい人材までが辞めてしまう恐れがあるからな」

「あ……ありがとうございますっ!!」

喜びのあまり柊は、再び床に頭を擦り付けた。すると、大きな手が柊の顎を掴んで上を向かせた。

「なんでもするんだろう……？」

「あ……は、はい……」

ものの弾みでそう言ってしまったが、言質《げんち》をとられてしまったことに気づいて柊はハッとした。しかし、どうせ毎晩好きにされているのだ。今さら何をされたってたいしたちがいはない。

東條の口の端が意地悪そうにつり上がった。

「食事の支度はまだか？」

「あ、これから……」

「では、これをつけて台所に立ってもらおうか？」

渡されたものと東條の笑顔らしき表情を見て、柊は自分の言葉を死ぬほど後悔した。

□□□

トン、トン、トン………。不器用そうな包丁の音がキッチンにこだまする。

「ううっ」

柊は耐えきれず涙をこぼした。みじん切りにした玉ねぎが目に痛い。しかし、痛いのは目だけではなかった。

「……光顕さん。なんでこんな格好………？」

「男のロマンだ」

相変わらず冗談なのか本気なのかわからない口調で、東條はキッパリと言いきる。

柊は東條が買ってきたエプロンをしていた。それは、胸元がハート型で全体にレースのひらひらがついた新妻仕様のものであった。

しかもエプロンの下は素肌にネクタイを締めたままで、下はズボンも下着も取り去られ、靴下のみの姿である。

つまり、所謂《いわゆる》『ハダカエプロン』だ。

何が楽しいのか東條は、ダイニングチェアの背もたれに顎を乗せて座り、ジッ、と柊の姿を見ている。

見えるものといったら、硬い男の尻と、尻の間から見え隠れする『おいなりさん』ぐらいだろうに。

「何を作っているんだ？」

「ハンバーグとワカメの味噌汁です」

料理をはじめてまだ数日。料理の本を買いこんだり、母に電話して聞いたりと努力はしているが、東條の舌を満足させるようなものはできたためしがない。それでも食事にはうるさいはずの東條は、柊の作ったものを文句も言わず食べてくれる。褒め言葉も言わないけれど。

みじん切りと格闘していたら、背後から手を掴まれた。

「手つきが悪いな。それでは指を切ってしまう」

「あ、はい。すみません」

二人羽織《ににんばおり》でもしてるように、背中に東條の胸が当てられる。エプロンのリボンの隙間は素肌だ。東條のシャツ越しに触れる体温が妙な感じだった。

「そうだ……包丁の先のほうだけ軽く動かすようにして……」

艶のあるバリトン。あのときの声みたいな淫靡《いんび》さを感じ、思わず腰が震えてしまう。しかも、自分の尻にあたる硬い隆起は……。

「……光顕さん」

「何だ？」

「そっちはまたあとにしてください。でないとソレ、刻んでハンバーグに入れますよ」

「刻まないでそのまま食べてくれればいい。お前のここで」

柊の奥まった場所につぷり、と指が突き入れられる。

「あ!!」

毎晩のように開かれているそこは、硬い指を難なく根元まで受け入れた。しかも東條は、内壁の感触を楽しむように、ぐちゅぐちゅと撹拌《かくはん》してくる。

「……ダメ……です。食事の用意が……」

「手が止まっている。早くしないと、こっちの準備のほうが先にできてしまうぞ」

無理に包丁を動かして、みじん切りの続きをするが、その間も東條は柊を『食べる』用意をしている。

「ダメですったら……。あ……」

図《はか》らずも柊の口から濡れた声が漏れてしまった。

潤滑剤もないのに、指を入れられて掻き回されただけで、少しずつ自分の中が綻《ほころ》んでいくのがわかる。

「あ……………っ」

東條が少し腰を落とし、下から突くように挿入された。苦しいのは先端の太い部分が入るまで。息をつめてその瞬間を待てば、あとは奥までスムーズに入ってくれる。

柊はシンクの縁を掴み、東條が動きやすいように、少し足を開いて爪先立った。そのはずみに中が少し締まったらしい。耳元に東條のくぐもったような声が聞こえた。

「ずいぶん……馴れたな。最初はどうなることかと思ったが……」

「…………」

もうすでに身体は男との行為の悦さを知ってしまった。心にはわだかまりがあるというのに。

灼熱の棒が何度も出入りを繰り返す。東條は少し浅い場所を擦るように身体をゆすった。そこが柊の弱い場所だと気づいているのだ。

「う……く……っ」

自分が感じているのを悟られないよう、柊は唇をかみしめた。それは自分の意に反して男に抱かれなくてはいけない自分の、男としての矜持《きょうじ》である。

「声を出せ。がまんするな」

耳たぶを愛撫するように背後から直接吹きこまれる。しかし、柊はそれに応えようとしなかった。いらだったように東條はさらに強く柊を抉《えぐ》った。

「ふっ……」

奥まで何度も突き入れられ、内壁を擦られ、身体はすでに濡れそぼっている。しかし、ここで快感を露《あらわ》にしてしまえば、底なしの愛欲地獄に落ちてしまうような気がして怖かった。

それを知ってか知らずか、東條の突き上げはさらに力を増し、愛撫はさらに柊を追いつめるのであった。

7

昼間は普通に会社員として働き、家に戻れば貞淑《ていしゅく》な新妻。いや……淫乱な人妻か。そんなポルノ小説のタイトルのようなことを考えて、柊は乾いた笑いを浮かべた。

仕事に行くときは指輪を外して何食わぬ顔をしているが、会社の人間は誰一人として東條と自分との関係を知らない。会社合併を有利に働かせるためとはいえ、不自然すぎる関係だ。

東條は自分をどうするつもりなのだろう……？

彼の母が海外へ行っていて留守とはいえ、彼が妻としているのが男の自分だなんてことはすぐにバレる。

東條が男のほうが好きだといっても、椿と結婚するはずだったように、また別の女性を娶《めと》らなくてはならないはず。そうしたら自分はお払い箱だ。

彼と別れたら、自分はまた元の生活に戻れるのだろうか。男どうしのこんな行為を知ってしまったというのに、これから女性を抱いたり、ましてや結婚などできるだろうか。あれほど東條との関係を嫌がっていたくせに、彼との生活に慣れると、今度は別れることが怖いだなんて……。

合併調印まであと十日という日。

机の上で頬づえをついた柊に、女子社員が声をかけた。

「喜多村君、二番に電話。TOJOH YUKI の杉原さんから」

「はい。お電話代わりました。あっ……」

『私だ』

電話の相手は秘書の杉原ではなく、東條であった。

「何か用ですか？」

『今出先なんだが、お前に頼みがある。家に戻ってファイルを取ってきてほしい。大至急だ』

「なんで俺が……。秘書にでも頼めばいいでしょう」

『他人を家に入れたくない。いいか、私の書斎の窓際にあるKのファイルだ』

結局。

取引先から呼ばれたと言って会社を出、マンションに戻って該当のファイルを持ってきた。そして、東條に指定された場所にタクシーを走らせる。
車を降りた柊はそのビルを見上げた。
ムーンライト・プロダクション。業界でも一、二を争う大手タレント事務所だ。
受付で聞くと、美人の受付嬢が東條のいる応接室まで案内してくれた。
緊張しつつドアを開ける。柊は中を窺い、一瞬入るのをためらった。
そこにいたのは東條、その向かいに座っていたのは髪の毛を無造作にアップにした美女
——今をときめくセクシー女優美濃《みの》みづほだった。
その時、みづほが何か冗談言ったのか、二人同時に笑い声をあげた。柊には見せたこと
のない、東條の朗らかな笑顔。
美男美女が笑いあっている様は、まるで映画の一シーンのようで、柊はしばし目を奪わ
れた。
「……社長、ファイルを持ってきました」
「ああ、来たか」
柊はみづほの胸の谷間を意識しないようにして、東條にファイルを渡した。
男好きのくせに美女には甘いんだな。そうだ。女とできないわけではない、と言ってい
たから、このくらいレベルの高い女性なら彼だって好きにちがいない。

柊はすぐにでも踵《きびす》を返して帰りたい気持ちにかられた。この場ではどう見ても自分は『使いにきた人』だからだ。

「それでは、私はこれで失礼しま……」

一礼して辞去《じきょ》しようとすると、東條に腕を掴まれ、ソファーの隣に座るようにと示された。

「なっ、何を……」

「いいからここに座れ」

どう考えても場違い、いや、二人の逢瀬《おうせ》を邪魔しにきたようですこぶる居心地が悪い。東條の腕を突きはなそうとすると、美濃みづほのけだるげな声が聞こえた。

「あら……この方なの？　代わりのフラワーアーティストって」

「は？」

わけがわからず東條の顔を覗くと、彼はみづほに柊が持ってきたファイルを渡した。

「まあ……素敵。いいわね、若くて大胆で。これなら東洋《とうよう》先生がなさるより、もっと話題になるかもしれないわ」

みづほはパラパラとファイルをめくり、満足そうに頷いた。東條も「おそれいります」と、褒められて当然のような顔をしている。

「それじゃあ、この方でお願いします。デザインはお好きにやってくださって結構よ。東條さんがそれだけおっしゃるなら安心してお任せできるわ」

そう言って美濃みづほは婉然《えんぜん》と微笑んだ。

彼女はこれからドラマの撮影があるからと席を立ち、去りがてに柊の手を握り「よろしくね」と言って部屋の外に消えた。

ドアがパタリと締まると、香水の残り香が部屋に漂う。柊は惚けたような顔をしていた。

「社長……どういうことですか?」

「二人きりのときは光顕、だ」

「なんか、俺をフラワーアーティストとかなんとか……それに東洋って花扇東洋《かせんとうよう》のことですか?」

「そうだ」

花扇東洋というのは今をときめく有名華道家だ。花を活ける技術やセンスは元より、その特異なキャラクターからテレビのバラエティ番組にもひっぱりだこの有名人なのだ。

「俺、いったい何をすればいいんですか?」

「美濃みづほのブライダルパーティーの花のディスプレイだ」

「え……?」

東條は柊の前に座り、ことの次第を説明しはじめた。

当代一のセクシー女優、美濃みづほがＩＴ企業社長と結婚することは、柊も耳にしたことがあった。

青山の高級レストランを借りきって催される結婚披露パーティーには、芸能界はいうに及ばず、政財界からも多数のＶＩＰが招かれる。

当然、パーティーは芸能界史に残るくらいの派手なもので、総合プロデュースはTOJOH YUKIが仕切るが、ディスプレイは花扇東洋が辣腕《らつわん》を振るう予定であったらしい。

「花扇東洋はどうしたっていうんですか？」

「昨夜、入院したんだ。最近オーバーワーク気味だったらしいからな」

「だからって、俺は華道家でもないし、そんな人の代わりだなんて無理ですよ!!」

「なぜだ？」

「なぜって……。俺は……一介のサラリーマンだし……」

東條の鋭い視線が柊を射抜く。

その視線にうしろめたさを感じながら、柊はどうして東條がそんなことを言いだしたのだろう、と考えた。自分が賞をもらったりしていたのは三年も前だし、そんなことを彼が知っているわけはないのに。

「ファイルを見たわけではないのか？」

「えっ？　はい……」

東條は柊が持ってきたファイルを無造作に広げた。

「これは……」

たくさんの新聞記事や写真。それはすべて柊に関するものばかりだった。

コンテストで賞を取ったときの記事や、学祭の写真など。それは柊自身が持っているものもあるが、知らないものもある。

「どうして光顕さんがこんなものを……」

ファイルを手にしたまま、柊は東條に目をやった。

彼はなぜか視線を逸らし、足の間で手を組んだままの姿勢で、ぶっきらぼうに吐き捨てた。

「私は社長に就任する前、イベント業務部を統括していた。もちろん披露宴が主だが、一般のパーティーなどの仕事もチラホラ入ってきていて、ゆくゆくはその部門を拡大しようと考えていた。だから将来有望なディスプレイデザイナーやアーティストはチェックしていた。それだけのことだ」

「でも……たかだか学生でしかない俺のことなんか……」

「その当時から花喜の買収は視野に入れていたからな。経営者は言うに及ばず、その家族のことも調べ上げていたというわけだ」

「はあ……」

東條はいつもより不機嫌そうな表情をして、なぜかその小鼻が少し膨らんでいる。

それにしても、買収予定の企業だからといっても、自分のキャリアなど何の役に立つというのだろう。しかもこんなにたくさん……、と柊は分厚いファイルを眺めた。

「それはともかく。ここまでおぜん立てしてしてやったんだ。やらない、などとは言わないだろうな」

「無理です。俺は二年もまともに作品を造ってないし……」

「ここしばらくお前が家で活ける花を見ていた。できないと思うなら、美濃みづほに勧めるなどということはしない」

いつもの有無を言わさぬ尊大な態度。しかし、その言葉には柊の才能を信じている、という気持ちを感じた。

あきらめていたフラワーアーティストへの道。いや、そこまではいかなくても、自分の作品が人前に出る。そう考えただけで身体が震えた。

「……俺に……そんな大役が務まるでしょうか？」

おそるおそる柊は尋ねた。言葉はなかったが、ただ正面から東條の真剣な目が見据えてくる。

「私が保証してやる」

「パーティーはいつ……？」

「一週間後だ」

「そんな……急に……」

「TOJOH YUKI が全面的にバックアップする。花喜にも協力を仰ごう。お前のやりたいようにやればいい」

「…………は、はい！」

それから周囲が目まぐるしく変わっていった。

花喜に戻って父に事情を説明すると、父は快諾し、できるかぎりの協力を約束した。それから TOJOH YUKI に連れていかれ、スタッフに紹介された。さらに遅い昼食を兼ねての会場の下見も。

花の仕入れ、運搬は元より、パーティーまでのタイムスケジュールやスタッフの配置。そういったことはすべて担当者に任せ、自分はデザインに専念した。

しかし、肝心のイメージがなかなか決まらない。

売り出し中のセクシー女優。柊の中はスキャンダラスで動物的、といった通りいっぺんのイメージしかない。彼女が出演した映画のＤＶＤなどを見てみたが、よけいステレオタイプな部分ばかりが強調されていく。

いくらセクシー女優といっても、いやらしい感じにするわけにはいかないし、やはり花嫁らしい清楚な……。でもそれではたいしてインパクトも与えられないし……。まったく貞淑さや純潔といったイメージから遠い、彼女にふさわしい婚礼の花は……。

柊はリビングのソファーで、スケッチブックにイメージを描きつけては破り捨てていた。とにかく早くイメージを固めてしまわなければ、スタッフに指示などできない。

いったいどうしたら……。

「！」

突然抱きすくめられ、柊は声のない悲鳴を上げた。

「ひどいな。そんなに警戒しなくてもいいじゃないか」

「みつあ…きさん……」

あまりに集中しすぎて、彼が帰ってきたことにすら気づかなかったらしい。

すでに深夜。日付がもう変わっている。

「まだやっていたのか」

「はい。イメージがなかなかまとまらなくて……」

「そうだ。これを持ってきたんだ」

そう言って、東條は持っていたファイルからいくつかデザイン画を取りだした。

「美濃みづほが式で着るウエディングドレスとお色直し用のドレスだ。それとこちらはヘアスタイルのイメージ案。役に立ちそうか？」

「これは……」

渡されたデザイン画は、彼女のイメージを覆《くつがえ》すような、ノーブルで知的さを感じさせるものだった。しかし、このドレスだけ見れば、あまりにありきたりで彼女の持ち味を殺しかねない。

「美濃みづほは結婚後も意欲的に仕事に取り組むつもりらしいな。聞くところによると結婚後に村尾《むらお》監督の映画のオーディションを受けるつもりらしい」

「あの巨匠の……」

「明治の遊廓《ゆうかく》を舞台にした大河ドラマだ。彼女は遊廓に身を売る伯爵夫人の役を狙っているんだよ」

「ではまったく逆の二つのイメージが求められるってことですよね」

「そう。貞淑な妻と淫蕩《いんとう》な娼婦《しょうふ》との二つの顔だ」

それを聞き、頭の中にイメージが湧きだした。貞淑な新妻、それでいて淫蕩な女性の本性……。

柊はスケッチブックにペンを走らせた。頭の中に湧き出るアイデアをいくつもいくつも描きなぐる。

やっと一通り描き終えて、肩から力を抜くと、自分を見る視線を感じた。向かいあわせたソファーに東條が座っており、こちらを見ているのだ。

壁に掛けられた時計を見ると、三時間も我を忘れて描き続けていたらしい。

「ずっと……そこにいたんですか？」

「ああ」

「先にお休みになっててよかったのに」

「いや、私も仕事をしていた。それに……一生懸命になってるお前の顔を見るのは悪くない」

「……………」

そんなになにげない言葉なのに、なぜか頬が熱を持ってきたような気がする。

何と言って返せばいいのかわからず、ぼうっとしていると、東條は立ち上がって柊に近づいた。温かい手のひらが頬を包む。

「そろそろ寝たほうがいい。明日も早いんだから……」

そう言って東條は柊の髪にキスをした。

いつもの、情欲をかきたてる激しいものではなく、慈《いつく》しむようなその感触がこそばゆかった。

昼間からいろいろあったせいで、柊はなかなか寝つけなかった。それに……その日は東條が自分を抱かなかったせいもある。

なんとなく肩透かしを感じつつ、柊は隣でおだやかな寝息をたてている男の顔を見つめた。

端正な造形。その彫りの深い頬に手を触れてみる。いつも柊は、行為のあとは疲れきって熟睡してしまうので、こんなふうに東條の顔を眺めたことがない。

すると。ふいに東條の腕が柊の頭を抱えこんだ。

「ひゃっ」

ぬいぐるみのように胸に抱きしめられたが、彼は目を覚ましたわけではないらしい。振りほどこうとすればできるが、柊はそのままにしておいた。

規則正しい寝息。少し高い体温。

東條に抱きしめられるのは、それほど嫌いではなかった。

横暴で強引な男。しかし、だからこそ彼が自分の才能を信じると言ってくれたとき、妙に力強い気持ちになったのは確かだ。

自分の才能に自信などない。けれど、あれだけ強い瞳で見つめられたら……。

「もしかして……好きなのかな……」

柊の呟きは深く闇に溶けこんでいった。

8

華やかな花の香りがそこかしこにあふれ出ていた。

青山のフレンチレストラン「ル・ヴィヴィエ」は大正時代に造られた華族の屋敷を改築したもので、白い瀟洒《しょうしゃ》な建物とイギリス式庭園が人気の店であった。

庭園でのガーデンパーティー。

昨夜の営業が終わってから、使える人間を総動員し、ディスプレイしはじめた。あらかたの作業は、東條が用意してくれた作業場で行ってから搬入したが、あちこち手直ししていたら、結局宴の直前までかかってしまった。当然のように昨夜から一睡もしていない。

作業が終わり、スタッフが撤収したあとは、柊はバックスペースから客の反応を窺っていた。

続々と現われる招待客。芸能人は言うに及ばず、政財界からも名の通った人間が次々とエントランスをくぐり抜けていく。

人々は花で作られたアーチを通って会場に入るが、皆足を止めて降りしきるような花々に目を瞠《みは》っていた。

それは結婚式の定番である白ではなく、ビビッドなピンクを基調にしたセクシーなものであった。

優雅なイングリッシュ・ローズ。きりりとしたオリエンタルリリー。これほど様々なピンクがあったのかと、招待客は皆溜め息をついてそれらを見上げていた。

その色合いはグラデーションになっており、正面のテーブルに近づくにつれ濃い色から少しずつ薄い色へと変化していく。

やがて拍手の渦の中、新郎新婦が登場する。

グラデーションの到達点には、真っ白のドレスとタキシードの新郎新婦という寸法だ。

新婦のみづほは上品なドレスを纏っていたが、彼女の持っているブーケは高貴で派手なコチョウランで形作られていた。しかもヘッドドレスもランで作られており、彼女の大人っぽいイメージと相まって斬新な効果を生んでいた。

招待客はその新鮮なデザインに目を瞠り、称賛の言葉を口にする。

美濃みづほの夫となる男は、少し小太りで人のよさそうな人物であったが、みづほを心から愛しているのが感じられた。そしてみづほも幸福の絶頂のような顔をしていた。

宴は滞りなく進行し、ディスプレイはおおむね好評のような感触を得ると、柊はほっ、と安堵の吐息を吐いた。

宴のあと、紅潮した頬をしたみづほが袖口に佇んでいた柊を見つけ、駆け寄って手を握った。

「喜多村さん！　とても素晴らしかったわ。みんな私より花のほうばかり褒めるのよ」

「そんな……。主役はみづほさんですよ」

「この見事なディスプレイを担当したデザイナーを紹介してくれって、友達にさっきからせっつかれているの。エンツォ！」

みづほが呼んだ男はイタリア人らしき伊達《だて》男で、少し縮れた黒髪をした長身の男であった。

「紹介するわ。エンツォ・パラッツィ。あのパラッツィ・ジャパンの社長なの。お父さんはイタリア本社の会長よ」

「えっ。あの高級スーパーの？」

パラッツィといえば近年日本進出を果たしてかなり話題になったスーパーだ。青山や白金に店を構える高級スーパーだけあって品物は高めだが、ブルジョアのマダムたちの間でもてはやされていると聞く。

「あ……マイネームイズヒイラギ……」

あわてて英語で挨拶しようとすると「日本語で結構ですよ」と流暢《りゅうちょう》な言葉とともに微笑《ほほえ》まれた。少しタレ気味の目尻が、イタリア人らしい好色さを窺わせる。

「ヒイラギ。あなたの作品は素晴らしいですね。今度日本のパラッツィも新しい店舗がいくつかオープンします。そのとき、ディスプレイをお願いできますか？」

「本当ですか？　こちらこそよろしくお願いします！」

信じられない話に顔を綻ばせていると、パラッツィに手を取られ、その甲にキスをされた。

「パ、パラッツィさん？」

「この花を活けた人がこんな美しい人だなんて思いもよらなかった。ヒイラギ、私と友達になってくれますか？」

「あ、喜んで……」

美しいだなんて言われても、素直には喜べない。歯の浮くようなセリフを言わせたらイタリア人は世界一だろうが、まさか男にまでそんな言葉を言うなんて。

さすがイタリア人はちがうな…と妙に感心したが、取りあえず彼とは名刺を交換して再会を約束した。

一つの仕事がまた次の仕事を呼ぶ。まさか売り上げ世界二位のパラッツィの支社長から、直々に声をかけてもらえるなんて。これをステップにフラワーアーティストとしての道が開けるかもしれない。柊は渡された名刺を何度も何度も眺めた。

「成功だな」

ポン、と肩を叩かれて、柊は振り返った。

「光顕さん……」

彼はほかに仕事があって遅れてきたらしい。昨夜からの作業で東條と離れていた柊は、丸一日ぶりに彼の姿を見る。彼の顔を見てホッとしている自分が不思議だった。

社長である東條が現場の仕事に関わるわけではない。仕事は当然TOJOH YUKIのスタッフがサポートしてくれて、彼がいなくとも何の支障もなかったのだが、それでも初めての大きな仕事に非常に心細い思いをしていたのだ。

「ディスプレイはかなりの好評だ。お前の実力だな」

「そんな……光顕さんのおかげです」

披露宴の模様はテレビの芸能ニュースにも流れる。それから雑誌の取材などもいくつか来ているらしい。

「ウチの広報にお前の名前を全面的に出すように言っておいた。これからはお前を指名した仕事が増えるぞ」

「えっ……？」

「別に不思議ではあるまい。それだけの仕事をしたんだ。花喜と合併したら、お前を全面的にバックアップするつもりだ」

「光顕さん……」

柊は内から光が差したような顔で東條を見上げた。

たまたま売れっ子華道家のアクシデントがあって代理に推されたが、まさかこれからずっと仕事ができるとは思いもよらなかった。

アーティストへの道をあきらめ、会社員としてやっていこうとしていた柊にとっては、信じられないことである。

「俺……フラワーアーティストとして、やっていけると思いますか……？」

「やってもらわなければ困る」

当然だ、と言わんばかりの言葉は、自分に対する信頼の証しだ。

「そ、そうですよね。あ、そういえば今度仕事してほしいってさっき言われたんですよ！　あのパラッツィから！」

「パラッツィ？」

なぜか東條の眉間の皺が深くなった。これは不快を感じている証拠だ。

「まあいい。仕事のことはこれからおいおい話していくことにしよう。……早くお前と二人きりになりたい」

「光顕さん……」

□□□

ここしばらくろくに睡眠を取っていなかったし、プレッシャーによる緊張もハンパではなかった。疲労が泥のように全身に溜まっている。

柊はマンションに着いた途端、ソファーにバタリと倒れこんでしまった。

「寝るのか？　食事はどうする？」

東條のぶっきらぼうな言葉。けれど、なぜかそれが耳に心地よく響く。

「……あ、ごめんなさい。こんな所で寝て……。食事作りますね」

身体を起こしかけると、東條に押しとどめられた。

「いい。横になっていろ。すぐ食べられる軽いものを作ってやろうか？」

「………」

「どうした？」

柊がパチクリ、と目を真ん丸にしているのを、東條は不可解そうな表情で返した。

「優しいんですね……」

「何を……」

柊がなにげなく口にした言葉に、東條の眉間が不快そうに顰められた。しかし、よくよく見ると彼の耳たぶが赤く染まっている。

「そこで寝るな！　寝るならベッドへ行け！」

語気荒く吐き捨て、背中を向けた東條。しかしそれは照れている証拠だ。

その広い背中を見ていると、何だかわからない情動が込み上げてきて、柊はそっと抱きついた。

「！　どうかしたのか？」

驚いて振り向いた彼の唇に、柊はチュッ、と音のするようなキスを仕掛けた。

「なにを……」

「家に帰ってきたときもキスする約束でしたよね」

「あ、ああ……」

柊からはじめて仕掛けたキスに、あきらかにうろたえた顔。それに小気味のよさを感じる。

東條は柊を突き放すと、煙草を銜え、ライターで火をつけようとした。しかしガスが切れているのか、なかなか着かず、彼はいらだったように何度もカチカチと音をさせた。

そんな仕草も、なぜかかわいいと思える。

そういえば、柊が注意して以来、東條の煙草の本数はぐっと減っている。彼は律義《りちぎ》に言ったことを守ってくれているのだ。

もしかして、東條は自分の感情を表すのが、とても下手なのではないだろうか。

尊敬され、畏《おそ》れられるのが常だとしたら、普段でもきっと本心をさらけ出すことなどできないだろう。今までの強引なセックスも、自分に対する強い愛情の裏返しだとしたら
……？

いや、それは考えすぎかもしれないが、少なくとも自分のことを少しは好いてくれてい

るはずだ。柊は、今までの彼に対する怖れが瓦解していくのを感じた。不思議なほど落ち着いて、柊は東條の顔を見つめた。

「お風呂に入って汗を流してから寝ます。……光顕さん、一緒に入りませんか？」

東條の顔はかたまったまま。耳たぶはさらに赤みを増したようだ。

「いや、私はあとで……」

「俺、背中流しますから。……あ、灰が落ちますよ」

いつもなら、強引にベッドに連れこまれて、一方的に抱かれるだけ。東條が柊の意見を聞いたことがないように、柊も自分から彼に何かをしてあげようとしたことはなかった。

柊は東條の背中を押してバスルームまで連れていった。そして、彼のタイを解き、一つ一つボタンを外す。

「おい……いったい……」

「いいじゃないですか。俺は光顕さんの『妻』なんですから」

ズボンも下着も取り去り、靴下まで全部脱がせる。戸惑いながらも、東條は柊に剥かれるままになっていた。

何一つ纏わぬ鋼《はがね》のような肉体がそこにある。その裸身を見て、柊は身体の内から熱くなるような気持ちに陥った。そして、自分も手早く裸になると、二人してシャワーブースに

入り、東條の体にお湯をかける。

「体、洗いますね」

海綿をボディシャンプーで泡立てて、向かいあったまま東條の体を洗いはじめる。肩口から胸、腹、腕……。全身を丁寧にこすっていく。

自分の身体とは違う、鍛《きた》えられ硬くしなやかな筋肉がついた身体。

全裸で向きあっているのが妙な感じがする。明るい中で抱かれたこともあるというのに、彼の体をこんなふうに間近で見るのはなぜか気恥ずかしい。

腰の辺りまでくると、柊は膝立ちになった。目の前に何の兆候《ちょうこう》もなくぶらさがった東條のペニスがある。それを持ち上げ、丁寧に洗いはじめた。

いつも自分を死にそうな目にあわせるもの。初めて知らされた男の欲望。しかし、それが柊を引き裂くためだけのものではないことをすでに知っている。

「柊……そんなにしたら………」

頭上でくぐもった声が漏れる。柊が手にしたモノは、泡にまみれながら次第に力を持ちはじめてきた。

柊は口の中が乾くような錯覚《さっかく》に囚われた。

シャワーのカランを回すと、勢いよく湯が噴きだす。身体を流そうとシャワーヘッドを向けると、その手を取られた。抱きしめられ、濡れた体を押し付けられる。

「みつあきさ……」

「……どうしてくれるんだ、これ。今日は疲れているだろうから、許してやろうと思っていたのに……」

完成された肉体の中心に息づく男の徴《しるし》。それが自分の中に入って来る様を想像して、柊は中から濡れそぼってくるような感覚に陥った。

「許さないでください……。今日は……俺も……」

柊も、いくぶん小ぶりのそれを、東條の体に押し付けた。

抱かれたい。

あの式の日から今日まで何度も抱かれた。でも自分から欲しいと思ったのはこれが初めてだ。

バスルームの壁に手をついたまま、背後から突き上げられた。突かれるたびに肌と肌が湿った音をたて、漏れた吐息がタイルにこだまして、さらなる羞恥をあおった。

柊はもう声を堪えなかった。感じるままに喘ぎ、東條を籠絡《ろうらく》しようと艶のある声を漏らす。

今までないほど早く東條は到達し、柊もタイルに精を吐きだした。

濡れた体を拭くのももどかしく、二人はベッドに転がりこみ、互いの体にキスの雨を降らせた。

性急な吐息と、肌を吸う湿った音。まるで発情期の獣にでもなったみたいだ。

もっと彼がほしい。早く。早く彼と奥まで繋がりたい。自分の中を彼でいっぱいにしてほしい。

熱病のような感情が柊を襲う。しかし、まだ自分から求めるには羞恥のほうが勝っていた。

広げられた体の中心を、東條は丁寧に舌で舐る。それすらも柊にはもどかしい。

「はや……く………」

つい口走ってしまった言葉に柊自身が驚き、手で口を押えた。しかし、耳聡い東條が聞き逃すはずがない。柊の両足をさらに大きく左右に開くと、腰を持ち上げた。

さっき開かれたばかりのそこは、締まりきらずに淫靡な花を開かせている。東條はそこに灼熱の棒をあてがった。

「柊。私が入るところを見ているんだ」

「あ……っ。そんな……」

充分な長さと質量を兼ね備えた彼の陽根が、足の間から自分の内に消えていくのを、柊はジッと注視していた。

「光顕さんが……入ってくる……」

体内を徐々に埋めていく彼の欲望の証。そのリアルな感触がうれしい。

「あ……はぁ……っ」

すべてが埋まった、と感じた時、東條は柊の腰を支え、持ち上げた。そのまま彼が後ろに倒れると、勢い柊が彼の体の上に乗ることになる。

「あっ……。嫌……です。こんな格好……」

「どうしてだ？」

「だって……すごく奥まで入って……」

「自分の好きなところに持っていけばいい。お前が気持ちいいと思う場所に……」

でも、それでは自分から動かなくてはならない。ひとしきり抵抗を試みるが、東條は聞き入れようとはしなかった。

柊は覚悟を決め、ゆっくりと内部を穿っているものを抜きはじめた。

ズルリ、と抜くと、途中で必ずひっかかる場所がある。そこを通るたびにピクリ、と体が反応するのだ。その感覚を追い求めて、柊は身体を上下させる。

「あ……ハッ……ああ……っ」

身体の「イイところ」を擦るのはキモチがいいが、性感はゆるやかに上っているばかり。もっと激しく、力強いもので犯されたいのに。

「すごくいやらしい眺めだ……。これではまたすぐにイッてしまいそうだ」

東條の感極まった声とともに、ガッチリと腰がホールドされ、下から強く腰を打ち込まれた。

肉と肉が擦られる音。突き入れられるたびに柊の口から声が漏れる。そして。

「ああっ!」

身体の奥深いところで、激しい迸りを感じた。そして、それと同時に柊も、ねっとりとした樹液を東條の腹から胸にまで飛び散らせた。

「……あっ。ご、ごめんなさい!」

自分の放出したものが、東條の頬にまで飛んでいるのを見て、柊はあわてた。彼を抜こうと身体を起こしたら、腰を掴まれて押しとどめられた。

東條は胸元に散っている白濁を指に取ると、自分の唇に持っていき舐めた。柊の若い樹液を、おいしそうに舐める東條の口から、見え隠れする厚い舌がいやらしい。

そしてまた東條は指で掬って、今度は柊の口元に持っていった。柊は身体を倒し、その指を舐めた。指先だけでなく根元まで舌を這わせ、次には指全体を含んで顎を上下させる。

すると、未だに体内にある東條がまたさらに力を持ってきたのがわかった。彼も柊の行為に興奮しているのだ。

「……まだ欲しいのか？」

「……ええ。もっと。あなたが欲しいです……」

その言葉に反応したかのように、繋がったまま東條は身体を起こし、今度は柊を組み敷いた。

柊は東條の首に腕を回し、もっと彼を身の内に取りこもうと、その腕に力をこめた。

□□□

行為のあと、二人は互いの体を清めあい、寄りそってベッドに横になった。

身体は疲れきっているのに、気持ちは充実していた。

初めて同じ気持ちで抱きあえた。今まで東條が自分を求めた強さと同じくらいの強さで、自分も彼を求めていた。

「悦かったようだな……」

「……そんな……」

しかし天上の快楽を貪ったことを心で認めていても、口ではなかなかそれを認めることはできない。言葉はいつもうらはらだ。

けれど柊は、言葉で言う代わりに東條の胸に強く吸いつき、赤い徴を残した。東條は驚き、少し身じろいだ。

「どうしたんだ？」

「ふふっ……」

初めて抱かれた翌朝、身体中痣だらけでショックを受けた。しかし今では、それほどまでに東條が自分を欲していたことに気づく。そして自分も彼に対して独占欲を感じているのだ。東條光顕は自分のものだ、と。

けだるい時間。

相変わらず愛の言葉もないけれど、同じ快感を共有したことで、今までにない絆《きずな》を感じさせた。

「もうすぐ調印式ですね……」

身体を寄せたまま、柊は囁いた。東條も「そうだな……」と頷く。

「合併したら、独立したディスプレイ部門を作ろうと思っている。お前のために専門のチームを組んで……」

「そんな……。俺のためだなんて大げさです」

「何を言っている。私は今日の成功だけで終わらせるつもりはないぞ」

「…………」

胸がいっぱいになり、柊は東條に強く身体を押し付けた。

早く調印式の日がくればいい。

会社が合併したところで、この不安定な関係が強くなるというわけではないが、せめて仕事の面だけでも確固たる絆が欲しい。

東條への愛を自覚するたびに、心の奥の不安が次第に大きくなっていく。

不安の一つ、それは東條の母のことである。

女帝東條ユキは、あの結婚式後、ショーのためにフランスへ旅立っていた。式の時も仕事を残しての帰国だったため、新妻と言葉を交わすこともなく慌ただしく機上の人となったのだ。

彼女は東條と一緒にいるのが男の自分だとは知らない。調印式に合わせて一時帰国する彼女と、顔を合わさずにいられるわけはない。

柊の怖れには気づくよしもなく、東條は合併後のビジョンについて熱く語った。

「……まずは花喜との合併を成功させることが先決だ。君のところの流通のノウハウを入れて、それを新しい会社で生かすことができる。そしてブライダルばかりではなくて、もっとアーティスティックな分野への進出を視野に入れて……。そしてそのプロジェクトの中心になるのがお前だ」

「光顕さん……」

熱っぽい吐息が唇にかかる。あ……っ、と思った次の瞬間には両手で頬を掴まれ、唇が重ねられていた。柊は応え、自分の舌をそれに絡み付けた。

闇の中に衣擦れと熱い口づけの醸す音が響く。絡み合う二つの影はいつまでも離れることがないように思えた。

9

会議室は軽い緊張と興奮に満ちていた。

調印式には花喜側からは柊の父はじめ重役たちが、TOJOH YUKIからは東條と主立った重役たち、そして会長の東條ユキが出席した。

はじめて対峙《たいじ》した東條ユキは、恰幅《かっぷく》のよい体をピーコックグリーンのワンピースに包み、大振りのサングラスをしていた。さすが女帝というようなオーラに柊は圧倒された。

父の命令でなぜか柊も末席に座らされた。

平社員である柊は、本来ならこんな席への同席は許されない。が、ゆくゆくは花喜の社長を継ぐはずであったし、東條とのこともある。柊は特に深く考えずに父に従った。

向かいあったテーブルの向こうに、東條の顔が見える。

東條への愛を自覚してからというもの、柊はタガが外れたように彼を求めた。気持ちの伴ったセックスがこんなに悦いものだとは、今までの柊には思いもよらないことであった。

愛欲に潤んだ目で、柊は彼の顔を見つめた。昨夜の痴態《ちたい》などなかったかのような、冷静な東條の顔が信じられなかった。

その時、両社を取り持ったM＆A会社の担当が立ち上がった。

「――それでは。合併における条約は以上です。何かご質問などはございますか？」

一同が静まった。

事前に契約内容については何度も話し合いを重ねてある。今さら質問や変更などはあるはずがない。

ところが。ふいに柊の父が立ち上がった。

「合併の条件などには異論はございませんが……東條社長に一つお聞きしたいことがある

んですがね」

含みを持たせるような言葉。しかし東條の表情にはチラとも感情を動かせた気配はない。

「……どうぞ」

「以前の合併の条件にはウチの娘を東條社長に嫁がせる、ということがあったはずですが、その件はどうなりましたか？」

会議室がかすかにざわめいた。東條の眉根がピクリ、と動いたが、その唇は動かなかった。

しかし、列席者たちはこの不可解な質問を聞き、互いに顔を見合わせている。重役の一人が口を開いた。

「社長。お嬢さんは結婚式を挙げて、東條さんと一緒に住まわれているのでは……？」

ここの出席者は皆、式に参列している。東條と椿は皆の前で結婚したはずなのに、社長はいったい何を言っているのだろう。

東條ユキも東條を問い詰める。

「光顕。椿さんはお家にいらっしゃるんでしょう？　喜多村社長は何のことを言ってらっしゃるの？」

「…………」

東條は無言だ。それに対する柊の父は、なぜか余裕の表情を浮かべている。

柊の額に嫌な汗がにじみ出る。父は一体何を言うつもりなのか。

「東條社長。ここでお話してもよろしいんですかな？　それとも別室へでも行きますか？」

「……いや、ここで結構」

さんざん含みを持たせた父がやっと口を開く。

「東條社長はウチの娘と結婚したのではなく、そこにいる息子の柊を嫁にしているということですよ」

低い動揺の声が誰の口からも漏れる。にわかには信じられず、その場にいた人々が皆、柊を注視する。

得意さすら感じる父の言葉に、柊はただ呆然とするしかなかった。そんなことを暴露《ばくろ》してどうするつもりなのだ。合併が反故にされてもいいというのか。

「父さん。でも、元はといえば姉さんが先に……！」

立ち上がった柊の言葉を制するように、父は言葉を続けた。

「東條社長は元から女より男のほうが好きなタチであるらしいですな。それを知らずにウチは姻戚を結ばされ、そしてそれを知った娘は失踪してしまった、というわけです。それをいいことに東條社長は息子を身代わりにすることを申し入れてきた。ウチとしては娘の失踪の理由など知らないわけですからな、東條社長に従うしかないわけです」

柊は唖然とした。あろうことか父は、椿の失踪を東條の性癖のせいにしてしまったのだ。

「東條社長にウチは娘も息子も傷物にされたわけです。この程度の条件では合併契約は結べませんな！」

「どういうことっ！　光顕、あなたそれ本当なの⁉」

東條ユキのヒステリックな声が響く。

「あなた、女性と結婚して跡継ぎを作るって約束したじゃないの！　ちゃんと子供を作ったあとならいくらでも男の子と遊んでもいい、って母さん言ったわよね！　その子に騙されてるんじゃないのっ！」

跡継ぎを残す。

その言葉に柊の身体が強張った。

そうだ。何度身体を重ねようと、自分は東條の跡継ぎを残すことなどできないのだ。

いくら彼が自分を求めたといえど、正式には籍を入れることもできないし、もちろん世間に認められるような関係でもない。

男どうしのこんな関係が表沙汰になれば、会社の業務に支障をきたすどころか、東條の身をも滅ぼしかねない。自分たちの後ろにはたくさんの社員とその家族がいるのだ。

柊はまるで長い夢から醒《さ》めたような顔をして、東條を見つめた。

会議室は怒号《どごう》に包まれ、花喜側、TOJOH YUKI側双方がつかみかからんばかりの罵《のの》り合いに発展した。

東條だけが一人、いつもと変わらないような無表情だった。その顔を見て、柊は泣き笑いのような表情を浮かべる。

東條が好きだ。愛している。

けれど、彼の立場を考えたら……。

「喜多村さん」

湖面のように静かな、そしてハッキリとした声に、その場の誰もが東條の方を見つめた。

東條はその場に立ち上がり、柊の父に向かって頭を下げた。

「私に柊君をください」

また大きく会議室が揺らめいた。

「確かに私は柊君を慰みものにしたと思われても仕方ないことをした。しかし、私は彼を愛している。私には柊が必要なんです」

「！」

東條は父ではなく、自分の母でもなく、まっすぐに柊を見ていた。

お前を愛している、と。その瞳が雄弁に語っている。

水を打ったような静寂。柊の父のうろたえた声がその静けさを破る。

「ハッ……。何をバカなことを………」

「そうよ、光顕さん。何の冗談……」

そして東條の母の金属質な声も。

「……柊。君は……？」

父の嘲笑《ちょうしょう》も東條の母の狼狽《ろうばい》も関係ない。そんな決意の篭《こも》った瞳で、東條は柊に問うた。

ふいに頭を掠めたのは、東條と美濃みづほとのツーショットだった。美男美女の二人は、何者も入りこめないような完全な世界を形作っていた。

彼にふさわしいのは男の自分ではない。彼の子供を生むことができる美しい女性なのだ。

「俺は………」

自分のものではないような声が、柊の口から漏れた。しかし、それに続く言葉は、柊の口から出ることはなかった。

「ふん、バカバカしい！　男が男と結婚などできるものか！」

強引に父は柊の腕を引き、会議室から連れ出した。残された重役達の怒号の声。

扉から出るときに、柊は振り返って東條を見た。

そのときの彼の目を、柊は一生忘れられないだろう。

□□□

『私は彼を愛している』

東條の言葉が耳にこだまする。まさか、彼があんなことを言うなんて……。

「まったく東條にも呆れたものだな。何が業界一のキレ者だ。痴《し》れ者の間違いじゃないのか」

柊は花喜の社長室にいた。

父はイライラと室内を歩き回り、東條への侮蔑《ぶべつ》的な言葉を吐きつづけた。調印は当然行われず、合併の話は白紙に戻された。

いや、あれだけのことをしたのだ。もう二度と合併などということはありえないだろう。

「父さん、なんであんな話を持ちだしたんですか？　TOJOH YUKIと合併できなかったら我が社は倒産するしかないんですよ！」

柊は父を問い詰めたが、意外なほど父は安穏《あんのん》とした表情だ。

「……実はな。昨日別のM＆A会社から、もっといい条件で買ってくれるという会社が現われたと連絡が入ってな」

呆れたことに、父はTOJOH YUKIの他に、また別の会社に打診していたらしい。

「なんですって？　それは一体……」

「それがなんと、あのパラッツィだ」

「えっ」

イタリアの高級スーパーパラッツィ。

パラッツィ・ジャパンの社長は美濃みづほの結婚パーティーの時に声をかけてきた人物ではなかったか。あの時は単に自分の作品を気に入ってくれたのだとばかり思っていたのに……。

「パラッツィ・ジャパンは数年前に日本進出を果たしたが、まだまだ店舗を増やすつもりらしい。テナントでフラワーショップは入っているが、各店で違う店が入っているし、花のグレードもまちまちだ。それを一本化して自社でやれば、かなりの収益が見こめるというわけだ」

「…………」

喜色を満面にした父に、柊は何も言うことはできなかった。

「それに、聞け柊。向こうはパラッツィの生花のイメージアップのために、お前を専属アーティストとして迎えたいと言っていてな。どうだ。世界のパラッツィがバックにつけば、お前はフラワーアーティストとしては認められたも同然だぞ」

「それは……」

意外だった。

会社の存続が第一で、柊の成功のことなど興味がないと思っていた父なのに。

それはきっと先日のパーティーの成功を見て、自分の作品がモノになると踏んでのことなのだろうが、それでも自分のことを考えてくれていたとは思わなかった。

「でも……。俺の作品が世の中に出たのは東條社長のおかげだし、パラッツィがそれを見て合併を申し入れてきたからって、TOJOH YUKIの方を反故《ほご》にするなんて……」

非難めいた言葉を口にした柊に、父が罵声を浴びせる。

「だまれ……！　身体どころか心まで東條にほだされてしまったのか！」

「！」

柊の顔がどす赤く染まる。会議での発言から、父が自分たちの関係にうすうす感づいていることには気づいていた。しかし、肉親にこうも面と向かって言われると……。

「父さん……どうしてそれを……」

切れ切れの言葉を漏らすと、父はフンと鼻で笑った。

「あやつが椿の代わりにお前を……、と言いだしたときには大方そんなことだろうと思っていた。あのときは会社の存続のため従うよりほかなかったが、お前は理解して耐えてくれると信じていた。ところがどうだ。今のお前は娘のように頬を染めて、東條に骨抜きにされておる。男に抱かれるのがそんなによかったのか？」

「……………」

柊の握った手のひらの中で、爪が皮膚に食い込む。

たしかにはじめは彼に抱かれることが嫌で嫌でたまらなかった。けれど東條は柊の才能を認め、将来のことまで考えていてくれていた。

男どうしだ。夫婦としての関係など長く続くわけはない。今は毎晩のように愛してくれる東條だが、いつかは自分に飽きる日が来る。

けれど仕事のパートナーとしてなら。

柊の才能を認めてくれる彼となら、うまくやっていけると思っていたのに。

「パラッツィは従業員の待遇は据え置いてくれると確約してくれた。儂は引退するが、お前に花喜の者はついていく。男に抱かれているようなヤツを、社員がトップとして認めると思うか？」

「しかし……東條さんは………」

「柊。心まで女になってしまったのか!!」

父の一喝が柊の耳目を震わせる。

「いいか、柊。東條とのことは儂もすまないことをしたと思っておる。しかし男どうしの関係など世間が認めるわけはない」

「…………」

「愛や恋などと、子供のようなことを言ってるんじゃない！　パラッツィ・ジャパンの社長がお前と直接話をしたいと言ってきている。あさって必ず会うんだぞ！」

別の会社との合併。

それは東條との完全な別離を意味していた。

もしかすると、もう二度と彼とは会えないのか。

そう考えただけで心の中に風が吹き抜けていくような気がした。

10

心ここにあらず、といった態で、仕事にも身が入らないでいた。しかしTOJOH YUKIとの合併は空中分解したままで、今さら仕事などないも同然であった。

「喜多村ーぁ、電話だぞ。二番」

ぼんやりと机に肘をついていた柊は、なにげなく受話器を取った。

「お待たせしました喜多村です。……あっ」

電話の相手は東條であった。


外に昼食を取りに行くフリをして、柊は会社を出た。指定されたホテルの部屋に行くと、彼が待っていた。

調印の日から二日。

当然のように柊はマンションへ戻ることは許されず、実家に連れ戻されていた。

離れていたのはほんの二日だというのに、彼の姿が妙に懐かしく映る。その眉間の皺も、少し皮肉そうな口元も、彼の匂いもすべてが愛しい。

駆け寄って抱きつきたいのに、心の中の何かが柊を止めていた。

「……すぐに会社に戻らないといけません」

「別れる気なのか」

窓を向いた東條は煙草に火をつけた。そうして柊の目も見ず、単刀直入に切りだす。

「…………」

この関係が続けられないことは知っている。

それなら、今のうちに断ち切ってしまったほうが、傷は浅くてすむのではないか。

答えられず、柊はただ下を向くしかできなかった。

東條は煙とともにぶっきらぼうに吐き捨てた。

「私は社長を辞任することにした。ブライダル会社の社長という枷《かせ》さえなくなれば、お前といることも自由だ」

その言葉で、柊の目はこれ以上はないほど見開かれた。

東條はそこまで自分のことを……！

甘ずっぱいような痺れが、柊の全身を包む。しかし、かえってその気持ちが怖く感じられた。

いったい自分は、この男にふさわしいのか。この男にすべてを投げ出させるほどの価値が自分にあるというのか。

サイドテーブルの灰皿で煙草をもみ潰すと、東條は柊に向き直った。

「お前は私の妻だ。……すべてを捨てて私についてくる気はあるのか？」

柊は顔を上げず、視線はカーペットの毛足を眺めている。そして自分のものとは思えない声が、柊の唇から漏れた。

「俺は……男です……」

空気に、見えない亀裂《きれつ》が走ったような気がした。

「…………わかった…………」

鼓膜を揺すぶる低い声。けれど東條の表情からは、何の感情の動きも読み取れなかった。

柊は永遠の別離を悟った。

「……俺は会社のために生きなくてはなりません。花喜は明日、新しい合併話を進めるつもりです」

「それは……どこの会社だ？」

「…………」

「そうか。守秘義務があるな」

「…………それじゃあ、これで……」

東條を見ているのがつらくなり、早くこの場から去ろうと足を早めた。しかしドアの前で足が止まり、どうしてもそこから先に進むことができない。

最後に一目だけ、と柊は振り返った。

視線が一瞬絡み、胸がズキリと痛む。それを断ち切るように柊はドアノブに手をかけた。

「……三年ほど前。社長になる前の私は様々なアーティストをチェックしたり、あちこちの展覧会を見たりということを日課にしていた」

突然、背中に聞こえた東條の声。

振り返ることもできず、柊はドアに向かったまま立ちすくんでいた。

「ある時、取引先との打ちあわせの時間まで空いてしまい、たまたまやっていた美大の学園祭を見た。展示時間前に入ってしまった会場で、一人で花の手入れをしている青年が目に入ったんだ」

「えっ……」

美大。花の手入れをしている青年。その言葉で、柊は弾かれたように振り返る。

「青年はかなり大振りの作品を前にして、花に手をかざし優しく話しかけていた。『キレイに咲けよ』とな。作品はまだ粗削《あらけず》りだが、勢いと大胆さがあった。そして……作家自身を現すような清浄な色香に溢れていた」

花に話しかける。

それは、柊の昔からの習慣のようなものだ。まさか、それは自分のことなのか？

「その青年の素性、その後の動向が気になって、ずっと調べていた。様々な花の賞を取っていること、家は老舗の花卸会社だということ……」

「まさか……三年も前から……」

「お前がアーティストとしての道には進まず、卒業後は家の経営する会社に入ったことも知っていた。そんな矢先、花喜が経営難だということを耳にしたんだ。……私なら彼の才能を伸ばすことができる、そう思った。だから少し強引なくらいに合併を迫ったんだ」

「……でも、どうして姉と結婚する気になったんですか……？」

「初めは……お前をどうこうしようなんて思ってはいなかった。純粋にアーティストとしてバックアップするつもりでいたんだ。私は、母に言われたからではなく、適当な相手がいれば結婚する気ではいたんだ。椿さんはしとやかな女性で、しかも合併予定の会社の娘だ。私は彼女を愛することはできないが、花喜を救うことで許してもらおうと考えていた。しかし、彼女は私から逃げ、お前が私の前に現われた……」

見つめる視線が熱い光を帯びている。

「お前が……今にも死にそうな顔をして私の目の前に現われたとき、これこそ天の配剤だと思った」

「で、でも。光顕さんと初めて会った時、全然相手にしてくれませんでしたよね？　俺は精いっぱい貴方に気にいられようとしたのに……」

勢いこんで問い詰める柊に、東條はなぜか背を向けた。そしていつもより少し早口な言葉が柊の耳に聞こえた。

「ずっと追っていたお前が目の前にいる。私に笑いかけている。それだけで私は……自分が抑えられない衝動にかられたんだ。だから椿さんが逃げたのをいいことに、お前を強引に手に入れてしまった。お前は私がずっと想像していたとおりの無垢《むく》な心と体で、だから余計、私はお前に夢中になってしまった……」

心臓が。

破裂しそうなほど、うるさく波打っている。

この人は何を言っているんだろう。

俺をずっと追っていた、って。自分が抑えられない、って。

信じられない思いで、東條を見つめていると、彼は自嘲気味の笑いを浮かべた。

「……こんな話をしても、もう遅いな。男どうしが結婚だなんて、この国ではまだ現実的ではないし。しかも社員とその家族を背負っている私たちには夢物語だったようだな」

「ゆめ………？」

「お前にはすまないことをした。許してくれ」

そう言うと、東條は柊の隣を通りすぎ、先に部屋を出ていった。

ドアが閉まる音が、柊の耳にいつまでもこだまする。

それは、柊の中の何かが壊れていくような音だった。

11

東條は自分のことを愛してくれていた。

姉の……身代わりではなく。

彼の告白を聞いたところで、今さらどうすることもできない。

今日は新しい合併先、パラッツィとの話し合いなのだから。

自分がしっかりしなくては、今度こそ本当に花喜は路頭に迷う。父の言うとおり、愛や恋などと言っている場合ではないのだ。

ともすれば東條のことを考えてしまう自分を叱咤し、柊は悲愴なまでに決意を滲ませた。

虎ノ門のホテルのイタリアンレストラン。

格調高い設えのそこで、わざわざ個室が予約されていた。案内されて席につくと、パラッツィは五分ほど遅れて現われた。

「また、会いましたね。ヒイラギ」

「こんばんわ。パラッツィさん」

立ち上がり、柊は深々と頭を下げる。

「エンツォ、で結構ですよ」

「あ、はい。じゃあエンツォさん」

パラッツィはこの間と同じく柊の手を取ると、その甲にキスをした。もしかしたらイタリアでは男どうしでもそういう挨拶をするのかもしれない、と柊は同じようにしてみたが、エンツォに笑われてしまった。

「イタリアではね、男どうしでも頬にキスをして挨拶するんですよ。日本ではあまり馴染まないし、気持ち悪いと思われるみたいですから手にしているんですけどね」

そう言ってパラッツィは柊の両頬にキスをした。

荒い鼻息が頬をくすぐったとき、少し不快な感じがしたが、柊はすぐにそれを打ち消した。

なごやかに会食は始まった。流暢な日本語が違和感を感じさせるが、そのフレンドリーな態度に柊も警戒心を解いた。

エンツォは披露パーティーでの柊の作品を誉めそやし、花喜と合併したら、新しく作るフラワーショップをプロデュースしてほしい、と言った。

日本には輸入されていない、という彼が持ちこんだワインは、柊が今まで味わったことがない豊潤な香りがしたし、シェフはイタリア人というそのレストランの料理は、さすが本場の味がした。

「日本に長くいるけど、日本の男性は美しい人が多いですね。……貴方のような」

「えっ。そんなことないですよ。それに男には美しい、って普通言いませんよ」

ワインに酔ったのか、それともパラッツィの話術に乗せられてか、柊は二度目に会ったとも思えないくだけた態度で接した。

パラッツィは長身で、東條と同じくらいはあるだろう。しかし胸板は東條の方が厚いように思う。東條は時間を見つけては家の中にあるマシンで体を鍛えていたし、目の前の男は少し下腹がたるんでいるのではないか、と思われた。

ふと東條のことを考えてしまっている事に気づき、柊はワインをぐい、と飲みほした。

「ヒイラギ。ワインがお好きなんですね。赤くなった君は、とても美しくってセクシーですよ」

「そんなあ。エンツォさんもカッコイイですよ。ほーんと」

「いや、君はこれまで私が寝た男たちと比べても、一番美しい……」

「いやあ、まいったなぁ」

パラッツィが「男と寝る男」なのだ、ということを聞いても、柊はなんのひっかかりも警戒心も感じなかった。すでにアルコールは脳を浸食している。

それより自分の容姿を褒められたことに注意がいっていた。キレイだ、美しいと言われてこそばゆい感じはするものの、悪い気はしない。そう言えば東條は、自分のことをこんなふうに言ってくれたことなどなかった。

苦虫を噛みつぶしたような顔をして、いつも怒っているような彼。慣れると同じように見える顔でも、少しの違いで彼が怒っているのか、照れているのかわかっていったけど……。

ダメだ。こんなことを考えていないで、仕事の話をしなくては……。意識をしっかり保とうとしても、次第に頭の中に霞がかかっていく。

「ヒイラギ……。貴方はとてもかわいい。私は貴方がとても好きですよ……」

東條は毎日キスとセックスを強要したくせに、一度も好きだなんて言ってくれたことはない。それなのに、自分が別れを決意したあとにあんな告白をするなんて。

東條はひどい。ひどすぎる。

それでも……。ワインで朦朧《もうろう》とした頭に浮かぶのは、東條の仏頂面《ぶっちょうづら》ばかりだ。

煙草を吸う時に目を細める彼。真顔で冗談を言って、そのあとで怒ったような顔をしてごまかす彼。柊からキスをするとよけい眉間に皺を寄せるくせに、少し耳が赤くなるのを、柊はだいぶあとになってから気づいた。

頭の中は彼のなにげない仕草ばかり浮かんでくる。

――でも、もう二度と会えない。

身体はもう限界だと訴えているのに、柊はさらにグラスのワインをあおった。酔いが回ってふわふわといい気持ちだ。

「おや……ヒイラギ？　こんなところで寝てはいけませんよ。……今部屋をとってあげますからね……」

パラッツィの言葉は、すでに柊には聞こえてはいなかった。


まぶたが重い。体が自分を見放したように力が入らない。

柊は誰かに優しく抱きしめられているような気がして、その腕にすがった。

「……ずいぶん積極的ですね。今、ボタンを緩めてあげますからね……」

声が遥か遠くから聞こえるような気がする。

「あ……？　光顕さん……？」

シャツのボタンが外される気配。そしてその手がベルトにかかり、下着に手がかかった。

柊は腰を浮かし、その手に協力する。

そして男の手が離れ、しばらくすると熱い肌が重ねられた。柊は両腕を伸ばし、男の首筋にしがみついた。そして唇が降りてくる。

「みつあきさん……？」

違う。

いつもの厚みのあるかさついた唇ではない。慣れ親しんだ武骨なキスではなく、柊の舌を嬲るような粘着質なキス。

東條ではない、と気付き、ハッ、と目を見開く。

裸のパラッツィが自分の上にのしかかっていた。

「や……！　やめてください!!」

いつの間にレストランを出たのか、その部屋に見覚えはなかった。しかも何一つ纏わない姿でベッドに寝かされている。壁紙や調度からいってホテルの客室のようだ。

渾身《こんしん》の力で男の胸に両腕をつっぱねると、なだめるような声が耳に直接吹きこまれた。

「今さらそれはないですよ、ヒイラギ。ほら、あなたのココもこんなになっているというのに……」

見ると自分の中心は、愛撫の期待に兆しはじめていた。東條に抱かれるのだと思っていたから、体が自然に反応してしまったのだ。

「嫌だ……。俺はこんなことしにきたんじゃ………」

「合併の話し合いをしにきたんでしょう？　仕事の前にまず私たちが合併してお互いを知

ろうじゃありませんか」

「そんな……！」

だるい体をやっとのことで起こし、ベッドから降りようとすると、足首を掴まれ再び引きずりこまれた。なおも腕を振って抵抗すると、パンと頬を平手で打たれた。

「‼」

目に激しく火花が散った。一瞬遅れてじわじわと頬が熱くなる。

ひるんだ隙に男は柊がしてきたネクタイを手に取り、柵状になっている真鍮《しんちゅう》のヘッドボードに手首を括《くく》りつけた。

頭の上で一つにまとめられた腕。もがいてもそれはびくともしない。しかも男は自分のネクタイも足してさらに頑丈に拘束する。

「さあ……もうあきらめなさい。貴方次第で契約はどうとでもなるのですよ」

「⁉」

「花喜を買収してウチの傘下に入れたといって、たいして旨味があるわけではない。それに、花の小売りなどにはあまり興味はないしね」

「なら……どうして合併の話を……？」

「ヒイラギ。貴方に興味を持ったのですよ。貴方の才能とその容姿にね」

「……じゃあ、俺が従わなかったら……」

「そうしたらどうなるかわかりきってるでしょう？　日本の諺《ことわざ》にありましたね。『魚《うお》心あれば水心』って」

パラッツィの含みのある表情。柊の顔が蒼白に変わる。

この男の申し出を断れば、今度こそ本当に花喜は路頭に迷う。社員とその家族の運命が自分の心一つにかかっているのだ。

自分さえガマンすれば……。

柊は両目をつぶり、すっ、と身体から力を抜いた。

「やっとその気になってくれたようですね。安心しなさい。貴方を天国に行かせてあげますよ……」

再びのしかかられ、男のひんやりとした肌が重ねられる。東條の鋼のような熱い身体ではなく、白くむっちりとした感触に、柊の肌が粟立つ。嫌だ。ほかの男になんか……！

男は蛇の舌のようにチロチロと柊の乳首を弄び、手は柊を奮い立たせようと、根元からやわやわと扱きたてた。

嫌悪感で鳥肌がたつほどなのに、快楽に慣れた身体はその部分を責められれば反応する。自分の意志でどうにもならない身体がうらめしかった。

同じ行為なのに、どうして相手が違うというだけでこんなに悲しい気持ちになるのか。

光顕さん。

心の中で東條の名を呼ぶ。

どうしてあのとき、彼についていくと言えなかったのだろう。彼は自分のためにすべてを投げ出そうとまでしてくれたのに。

自分に対する自信のなさから、彼がいつかは自分に飽きるかもしれないと思っていた。それを都合よく『彼のため』だなどと考えていたくせに。

胸の中に重くのしかかる後悔。今さらながら自分の愚かさに腹がたつ。

つぶった目の端から涙が一筋流れて落ちた。それは堰を切ったように次々と溢れては流れていく。

「！」

気づくと、広げられた足の間に、パラッツィが割りこんでいた
幾度となく東條との交情で、蕩《とろ》けやすくなっていたそこは、すでに怪しい花を綻ばせている。

「や………っ」

何の躊躇もなく指を根元まで挿入され、早く使えるようにと性急に内壁を掻き回される。

「初めてではないようですね。すばらしい。入口は硬く閉ざしているのに、内部は熟れて蕩けている。これなら私もずいぶん楽しませてもらえそうだ」

男の指が抜かれ、代わりにいきり立った硬いモノを押し当てられた。

入れられる!!

ビクン、と身体が大きく波打った。涙で濡れた目が極限まで見開かれる。

「嫌だっ!!　光顕さん！」

渾身の力で柊は暴れはじめる。ベッドがギシギシと左右に揺れるが、縛められた腕はびくともしない。

「まだ抵抗する気ですかっ！」

「ぐうっ!!」

すると、男の拳が鳩尾《みぞおち》に入った。腹の奥から鈍い音がして、急に息ができなくなった。

男は額の汗をぬぐうと、気を取り直したように再び柊の腰を持ち上げる。硬い感触が柊の中心をこじあけようとしている。

ダメだ……。やられてしまう……。

柊が諦めて目をつぶったそのとき。入口の扉が軽やかな音でノックされた。

「失礼します、お客様。レストランでのお忘れものを届けにまいりました」

ホテルの従業員らしき、若い男の声。

「忘れ物？」

ふと、パラッツィは上半身を起こす。ノックはさらに数度続き、彼は不承不承といった態で、ガウンを羽織り立ち上がった。

しかし彼は、振り返ると二本あったネクタイの一本をはずし、それを柊の口に咬《か》ませた。従業員に助けを求められないように、という周到《しゅうとう》さだ。

「ううっ！　ううーっ！」

彼が次の間に行ってしまうと、柊は腕をしゃにむに動かした。扉の開く気配がする。せめて猿ぐつわが外れてくれれば……！

「！　……!!　なんだ、お前は!!」

壁の向こうで言い争う声がした。二人の人間がつかみ合っている気配も。

「柊!!」

「！」

バタバタと足音をさせてベッドルームに入ってきたのは。

額に汗を浮かべ、息を切らせた東條であった。

ベッドに繋がれた柊の姿を見ると、東條の顔はみるみるうちに憤怒《ふんぬ》の表情に変わっていった。

「なんですか！　警察を呼びますよ！」

遅れてベッドルームに駆けこんできたパラッツィの襟元を掴むと、東條は拳で殴りつけた。勢いよくパラッツィは壁にぶつかり、ゴツッ、という鈍い音とともに床に倒れこんだ。

そちらを振り返ることもなく、東條は大股でベッドに近づき、柊を縛めている二本のネクタイを外した。

「光顕さん……」

言葉もなく、東條はすぐに柊の体を抱きしめた。骨もくだけんばかりの強い抱擁《ほうよう》。慣れ親しんだ体温と匂いが柊の全身を包む。

「無事でよかった………！」

初めて聞く彼の悲痛な声。柊はその胸の中に頭を埋め、泣きじゃくった。

「お客様！　だいじょう……」

東條と一緒に来たらしいベルボーイが、ベッドルームに足を踏み入れ、そのまま回れ右した。

柊たちが熱いキスを交わしているのを見たからだが、夢中になった二人はそんなことを気づくよしもなかった。

□□□

「んっ……っ。あ………」

柊の口から悦楽の声が漏れる。

もう何度目かわからないくらい口づけているというのに、それでも足りないくらい互いの唇を貪っている。

東條が先ほどのベルボーイに頼んで部屋を取り、ベッドに落ち着くまでは唇を離していたが、二人は片時も互いから離れようとしなかった。

しばしキスに疲れると、柊は東條の腕の中でやっと聞きたかったことを口にした。

「どうして……ここがわかったんですか？」

東條は口元を不快げに歪《ゆが》ませた。

「お前とお前の会社を見張らせていたんだ。せっかく私が目をかけたお前が、どこの馬の骨ともしれない会社に攫《さら》われるのはシャクだからな」

そう吐き捨てた東條だが、小鼻が少し膨らんでいる。柊はそれは彼が本心を隠すときのクセだとようやく気づいた。

「それにしても、よく部屋を開けてもらえましたね」

「ここのオーナーは大学時代の友人だ。もっとも。あのパラッツィとかいうヤツがお前を部屋に連れこんで、どうやらお前が襲われているらしい、と判断できるまで踏みこむことはできなかったがな」

「俺が心配だったんですか？」

「そういうわけではない、と言っているだろう」

「じゃあ、俺がパラッツィ・ジャパンの社長と会っているのを知ったんですよね。パラッツィは馬の骨ですか⁉」

からかうような言葉を向けると、東條は余計苦虫を噛みつぶしたような顔をした。

「あの男は有名な男たらしだ。あんな男に自分の妻を抱かれるのは不愉快だ」

その言葉で柊の顔が花のように綻んだ。

「まだ……俺のことを妻だと言ってくれるんですか？」

「当然だ。私はお前と別れる気はない」

自分が好きだ、欲していると言ってくれない男にじれて、柊は自分から唇を合わせる。

熱い舌が生き物のように絡み合う。互いの唾液すら飲み下すような深い口づけに、柊は溺れていった。

二人分の重みでシーツに猥雑《わいざつ》な皴が寄る。

一度身に付けた衣服が、再び東條の手で剥がされた。そして、待ちきれない柊も東條のシャツのボタンを外し、ベルトに手をかける。

互いの衣服を脱がせ合い、生まれたままの姿になった二人は体を重ねあった。

……ああ、この感触だ。

柊は東條の熱、その重みを感じてうっとりと目をつぶる。白くしなやかな足を左右に広げられ、東條がその間に身体を滑らせてくる。

性急な吐息。柊の胸を愛撫する舌。しかし、それすらももどかしい。

柊の息もあがっている。手は東條の下半身をさまよい、すでに兆している剛直を握った。手の中で息づいているそれを、柊は愛おし気に愛撫する。

「早く。早くあなたを……」

ください、と耳元で囁くと、東條は柊の足を広げ、その中央に自身を打ちこんだ。

「ああ……」

何の湿り気も与えられなかったが、構わなかった。二度、三度とそれが行き来しただけで、すぐに自分の肌に馴染んでしまう。

再び彼の太いもので貫かれる幸福。その突き上げだけで達してしまいそうになる。柊は

もっと東條を身の内にひきこもうと、足を高く上げ彼の腰に巻き付けた。

東條は柊の背中に手を当て、自分は中腰のまま、柊の身体を抱え上げた。挿入されたものがギリギリまで引き抜かれ、再び根元まで突き入れられる。

「あッ！　あッ！　ああッ!!」

突き上げられ、引き抜かれ、かき回され、また奥までねじこまれる。粘膜は赤く色づき、めくれ上がって、今大輪の花を咲かせている。

「まずい……。悦すぎてすぐに達してしまいそうだ……」

柊は「達《イ》って！」と言わんばかりに、東條を受け入れている場所に力をこめた。その動きで彼も感極まったような声を上げる。

「ダメだ！　もう!!」

「ああッ！」

東條の腰の動きが一段と激しくなった。ぶちこむ勢いで何度も柊を突き上げ、ふいにその動きが止った。

「あ………っ」

身体の奥で何かが破裂した。それは間欠泉《かんけつせん》のようにドクリドクリと一定の間隔で噴き上げてくる。

「ふう……っ」

すべてを柊の内部に納めた東條は、深い息を吐いた。

二人の肌には柊の熱情が吐きだされていた。ベタベタしたそれがこすれ合うのも構わずに、二人は繋がったまま互いを抱きしめあった。

「愛している」

「！　……初めて聞いた……」

あの調印式のときにも聞いたが、あのときはほかにもたくさんの人がいた。こんなふうに二人きりでいるときに、彼がこの言葉を口にするのは初めてだ。

「光顕さん、もう一度言ってください」

「……もういいだろう」

そう言って、東條は柊から離れ、冷たく背を向けた。

「お願いですから、もう一回だけ！」

「一回で充分だ！」

相変わらずの東條に、柊もしつこく食い下がる。それでも、その目元には幸福な涙が滲んでいた。

□□□

木々の芽が綻びはじめ、ここ博多では例年より早い春の訪れを告げていた。まだ少し肌寒さを感じるが、それでもなんとなく空気に春の息吹を感じて、柊は顔を緩ませた。

「新郎、添田保。貴方はこの女性と結婚しようとしています。病めるときも健やかなるときも、富めるときも貧しいときも、この女性を愛すると誓いますか？」

「誓います」

はっきりとした力強い言葉が、柊の耳に響く。次に司祭は椿のほうを向いた。

「新婦、喜多村椿。病めるときも健やかなるときも、富めるときも貧しいときも、この男性を愛すると誓いますか？」

「誓います」

東條と結婚するはずだった姉は、一年後の今、やっと愛する男の許に嫁ぐことができた。狭く暗い聖堂。手作りのドレス。列席者もほんのわずかという簡素な式であったが、彼女の表情は心からの喜びに満ちていた。そして彼女の持っているブーケは柊の心からのプレゼントだ。

父から勘当されたままの姉は、そのまま九州に留まり、添田の看病をしていた。添田もそのまま花喜を退職し、事故の傷が癒えたのち地元の企業に就職を決めた。

お嬢様育ちの椿が大と義母の世話をし、しかも彼女のお腹にはすでに新しい命が芽吹いている。いろいろ戸惑うことも多いようだが、それでも一年前と比べて、彼女は何と輝いていることか。

柊は聖堂の一番後ろから、幸せそうな姉を見て目を細めた。

自分も彼女のように、あんなふうに光り輝いて見えるだろうか。

そうして柊は傍らに立つ男の顔を見上げた。

「……どうかしたか？」

柊の視線を感じ、東條は首を回して見下ろした。

相変わらず眉間には深い皺が刻まれているが、一年前とは明らかに違う甘やかなオーラが彼を取り巻いている。

「……もう一年もたったんですね……」

「そうだな。私とお前が結婚してから……」

東條と柊は、互いにだけにわかる視線で目配せし、微笑みあった。

結局。東條は社長を辞任し、新しいイベント会社を設立した。母親とは義絶状態にあるが、最近では向こうが折れて仕事では協力関係を作りつつある。

花喜は同業種の会社に吸収され、跡形もなくなってしまった。しかし数人のスタッフが柊についてきてくれ、東條の新しい会社に迎えている。

柊も家を出て東條の許に走った。

新しく会社を興したためにいろいろと物入りで、あの豪奢《ごうしゃ》なマンションは手放してしまったが、今のこじんまりとした家に満足している。

小さな庭の手入れをし、東條のために花を活ける毎日。今では掃除も洗濯も自分でしているし、料理の腕はかなり上達したと思う。

そして仕事でも、東條が企画するイベントには必ず柊がディスプレイを担当していた。それはことごとくよい評判を得て、柊は着々とフラワーアーティストとしての名声を得つつある。

柊も東條と同じく父とは義絶状態だが、母親とは連絡を取りあって、時折父の様子を聞いている。父は完全に仕事から引退してしまい、しばらくは虚脱状態だったそうだが、最近では釣りやゴルフなどいろいろと趣味を増やしているらしい。

孫の顔を見れば、父も少しは気持ちが和らぐのではないだろうか。

そして自分は、東條の子を生むことはできないけど、自分の作品はすべて東條との愛の結晶だ。

　いつかは父が自分たちの関係を許してくれる日がくるだろうか。

　柊は傍らの男に身体を寄せた。そして何のてらいもなく、東條も柊の肩に腕を回し抱き寄せる。

　東條は一年前と変わらない愛情で愛してくれる。柊がせっつくので、時々は愛の言葉も言ってくれるようになった。

「一年前の式のときは……愛なんて冗談じゃない、って思ってました」

「酷いな。あのときでも私は本気だったのに……」

　東條は眉間に皺を寄せたが、彼が本気で怒っているわけではないのを柊は知っている。ここ一年で彼の表情もだいぶ柔らかくなり、笑顔を見せることも少なくない。

「今は……どうなんだ？」

「……わかってるくせに」

「信じられないな。じゃあもう一度誓いの言葉を言ってもらおうか。柊、君は東條光顕を永遠に愛すると誓えるか？」

「……誓います。……光顕さん、あなたは？」

「私は喜多村……いや、もう東條柊だな。柊、君を永遠に愛すると誓うよ」

妻としてではないが、今では名字を同じくしている。いつかはこの国でも正式に妻と名乗ることができるだろうか。

式は滞りなく進み、司祭の厳かな言葉が聖堂に響いた。

「それでは誓いのキスを……」

新郎が新婦のヴェールを上げ、幸福な二人は口づけを交わしあった。

それと同じくして、聖堂の後ろの二人も互いの目を見つめあい、そして愛の篭ったキスを交わしていた。

END

■あとがき■

ラピスさんでは二度めです。諏訪山《すわやま》ミチルでございます。

はじめましての方も、お久しぶりの方もどちらさまもよろしくでございます。

ストーカー攻というハードテイストな前作に比べ、今回は一変して「花嫁もの」。

もちろんラブラブ度200パーセントアップ（当社比）。

「あなた、いってらっしゃーい」のチューも、花嫁定番のハダカエプロンもご用意しております。

しかし他社作品とちがうところは、花嫁はかわいい男の子ではなく、二十四歳のサラリーマンだったのです。


リーマン花嫁。


……字面だけでご飯三杯いただけますな。

リーマン男体盛りもリクエストしたいところです。ネクタイと靴下は標準装備で。

光顕《みつあき》さんたら、またムリヤリ柊君《ひいらぎ》にやらせてたりして。仏頂面《ぶっちょうづら》で偉そうに命令してるのに、新聞紙の向こうではデレデレしてるんですよ。

でもラブラブとなった現在では、光顕さん、柊君の尻に敷かれてそう。煙草《たばこ》もそのうち、ベランダとか換気扇の下でしか吸わせてもらえなくなるんですよ、きっと。

BLなんだから、こんな所帯じみたこと考えてちゃダメか（笑）。

三城《みつしろ》先生。美しいイラストどうもありがとうございました。まだキャララフしか拝見してないのですが、それまで茫洋《ぼうよう》としていたキャラのイメージが、ラフを見てからぐっと深まりました。この場をお借りしてお礼申し上げます。

それから担当様。毎度いろいろご迷惑おかけして申し訳ないです。

そして、この本を手に取って下さった皆さまに心から感謝いたします。少しでも楽しんでいただければ幸いです。

サイトもやっとオープンしました。アドレスは、

http://homepage 3.nifty.com/suwayama/

過去作品など多数アップしておりますので、ぜひお立ち寄りくださいませ。

それでは。ふたたびお目にかかれる日を楽しみに待っております。

・初出　淫らに咲く夜の花嫁／書き下ろし

この作品を読んでのご意見・ご感想をお待ちしております。
〒112-0004　東京都文京区後楽1-4-14
プランタン出版　LAPIS more編集部
「諏訪山ミチル先生」「三城遥稀先生」係
または「淫らに咲く夜の花嫁 感想」係

LAPIS more

淫《みだ》らに咲《さ》く夜《よる》の花嫁《はなよめ》

著者　諏訪山ミチル（すわやま　みちる）
挿画　三城遥稀（みつしろ　はるき）
発行　プランタン出版
発売　フランス書院
東京都文京区後楽1-4-14　〒112-0004
プランタン出版HP http://www.printemps.co.jp
電話（代表）03-3818-2681（編集）03-3818-3118
振替　00180-1-66771
印刷　誠宏印刷
製本　小泉製本

ISBN4-8296-5451-1 C0193

原稿募集のお知らせ

LAPIS LABELでは、ボーイズラブ小説を募集しています。

◆応募資格◆

オリジナルボーイズラブ小説で、商業誌未発表作品であれば同人誌でもかまいません。

ただし、二重投稿は禁止とします。

◆枚数・書式◆

400字詰(20字詰20行)縦書で70枚から150枚以内。手書き・感熱紙は不可です。

原稿には各ページ通しナンバーを入れ、クリップなどで右端を綴じてください。また原稿の初めに400〜800字程度の作品の内容が最後までわかるあらすじをつけてください。

◆注意事項◆

原稿は返却いたしません。

締切は毎月月末とし、採用の方にのみ、投稿から6ヵ月以内に編集部から連絡を差し上げます。有望な方には担当がつき、デビューまでご指導します。

作品には、タイトル・総枚数・氏名(ペンネーム使用時はペンネームも)・住所・電話番号・年齢・簡単な略歴(投稿歴・職業等)を記入した紙を添付してください。

投稿に関するお問い合わせは、封書のみで行っておりますので、ご注意ください。

◆宛先◆

〒112-0004　東京都文京区後楽1-4-14
プランタン出版
「LAPIS LABEL作品募集　○月(応募した月)」係

LAPIS LABEL